流拍的爱

陆红梅 著

中国书店

01

初夏周六的某个清晨，一辆黑色的兰博基尼疾驰在滨城世纪大道上，这头“公牛”一路轰鸣着，将周末慵懒在睡梦中的人惊醒。

“公牛”飞奔了半个小时后，以一个漂亮的右转弧圈，极速刹车，停在了海港国际酒店的门口。

车门打开的瞬间，一群着正装的美女簇拥了过来。

“非总您好！”

“欢迎非总！”

“非总今天真帅！”

……

被唤作非总的男士，摘下墨镜，微微笑着，轻声问了句：

“程教授来了吗？”

“程教授已经在路上了，一会儿就到。非总，要不然我们先进去吧。”美女群中，一位看起来很有书卷气质的女子回答。

“好。”

非总转身，把车钥匙交给了酒店泊车的工作人员。

一群人继续簇拥着这位非总走进酒店大堂。

海港国际酒店是滨城最豪华的五星级酒店，位于滨城开发区核心地带，是众多高端国际会议和奢华活动的举办场所。

这几天，奥克逊国际拍卖有限公司正在这里举办春季艺术品拍卖会的预展。今天是周六，是预展的第三天，明天就是举槌拍卖的日子。对于奥克逊这样的国际性拍卖公司来说，每年的春季和秋季这两季拍卖，是公司全年工作的重中之重，会影响公司全年的利润和行业地位。每场拍卖会的前期所有工作，都在预展这几天被检验，而辛苦征集来的艺术品最终能否拍卖成交，不仅直接与业务员的业绩水平挂钩，更是关乎公司生存与发展的头等大事。尤其是估值千万元以上的重量级拍品，寻找买主这件事，那从来都是让人捏汗的节奏。

非总的到来，让刚才那个具有书卷气质的女子童小桐暗暗舒了口气。童小桐是奥克逊公司贵宾部的经理，她的主职就是要维护好公司的大客户。非总是拍卖界出了名的收藏家，曾经竞买过奥克逊公司的几件古代书画重量级拍品，可以说是奥克逊特别小心翼翼维护的重要客户。非总在多家拍卖公司都曾豪掷过，因此也是各家拍卖公司争抢的“蛋糕”。

这块“蛋糕”今天能来预展现场，童小桐明白，这绝非自己的功劳，要感谢的，是一会儿赶来的程教授。

童小桐引导着非总来到酒店三楼的展厅。

此时，离开展时间还有半个小时。看来，非总是个很守时的人。昨天下午，童小桐跟非总在电话里约的时间是早上 9 点，就是想在正式开展前先安排非总和程教授一起看画展。非总在8点55分时就到了，时间上把握地非常妥当。童小桐特别佩服遵守时间的人，她相信，像非总这样之所以能够事业有成，一定是具有很多一般人所不具备的好品质，比如守时，就是一个重要的品质表现。

“非总，这边请！”

童小桐推开展厅一侧贵宾休息室的门。

“李总，非总到了！”童小桐轻声说。

奥克逊拍卖公司的总经理李名博显然已经在这里等候多时了，他的手边放着好几本拍卖图录，有一些图录页面还贴了便签。李名博听到推门声，看到童小桐带着非总从门口进来，连忙站起身迎上来：“非总，欢迎欢迎，今天您能过来，我心里很高兴，说明您认可我们的工作啊！来来来，坐下来休息会吧。”

“李总，不坐了，我们还是先去看画吧。看过之后，我还有个活动要参加。”

“哦，那好，非总，那我们就先去看画，别耽误了您的事。”

李名博、非总和童小桐一起从贵宾休息室出来，走到了展厅的门口，几个穿着黑色制服、佩戴对讲机耳麦的保安站在门口守护着。童小桐让保安队长把展厅的门打开，让李名博和非总走进展厅，童小桐随后也跟了进来，同时不忘回身提醒保安，不到9点半的开展时间，不让参观人员进场。

展厅内，灯光都已经打开，每件画作的上方，都有一盏射灯，将画面照射得更加清晰。

“非总，这次我们的展览效果怎么样？我们可是请了设计师专门给设计的哦！”童小桐显然很满意这次的展览布置。

“非总您看，这边特装区的作品，是美国回流的藏品。这个藏家可是大有来头的，他的父亲曾经是国民党的高官，跟当时的书画界都有往来……”李名博介绍道。

“这些年从国外回流的作品非常多，国内的拍卖行都是铆足了劲去发掘国外的‘金矿’，这批美国回流的藏品，是我们李总亲自带队去发掘回来的，其中过程也是一波三折呀！”童小桐感叹道。

“那件八大山人的作品，也是从美国回来的。”李名博很明白非总此番过来看画的意图，所以索性一语道破了，“八大山人的作品，我们跟藏家来回拉锯了好几次，才最终谈妥的。不瞒您说，藏家要的价格不低，但是作品确实很好，所以我们既满怀期待，同时也是有所担忧啊。”

非总笑了笑，没有接话。他心里很清楚，李名博的“满怀期待”和“有所担忧”也是有意对他说的，此中深意，他心领神会。但是，他心里又是非常笃定的，只要作品好，他决不会轻易放过收藏的机会。在奥克逊的拍卖场上，他曾经与其他藏家争抢过好几件重量级作品，每次，他都是沉着稳定地取得最后的胜利。这倒不是说他的经济实力雄厚，实际上，跟他争抢重量级作品的买家都不差钱；他赢了“竞价赛”的关键因素，是他足够笃定，足够沉稳，时髦的话说，就是心理素质过硬。他碰到过两件很有意思的事，就是当他竞价成功、拍卖师落槌之后，他刚签署完拍卖成交确认书，就有买家跑来找他，愿意再加价几百万，买他手里的这份成交确认书。这些买家，就是被他沉着的竞价心理战给打败了的，等到拍卖师落槌了，方才如梦初醒，后悔不已，所以愿意加价再去争抢回来。只不过，他笃定了的拍品，从来就没有让出过。

“非总，八大的作品在这边，我们……”童小桐的话没有说完，突然打住了，然后瞬间，特别有悖于她的淑女和书卷气地惊叫了一声，“啊！”

在童小桐惊叫的同时，李名博也差点惊叫了出来！

八大山人的作品，不见了！

不对，准确地说，装在画框里的八大山人的作品，不见了；而画框，却依然好端端地挂在那里。仿佛，此刻他们三人走进的是当代艺术的展厅，空置的画框就是一件艺术品，正在那里等待着参观者的好奇与解读。

非总下意识地皱了皱眉头。他没想到，一大早赶到这里，抢先来目睹的竟是一个空置的画框！

场面一下子变得凝重而又尴尬。

正在这个时候，程苏在贵宾部工作人员的陪同下兴冲冲地赶到展厅。

“云非，不好意思，拐错了一个路口，迟到了。”

“程教授。”非总用眼神示意了一下程苏，却把程苏弄得很懵，她顺着非总眼神的方向，看到了空置的画框，一时没有反应过来发生了什么事。

李名博立刻掏出手机给公司展览部的人打电话质问。按照以往的经验，李名博和童小桐认为，可能是画作的轴头或者是装裱处出了小情况，展览部的人拿到临时库房去简单修复。李名博质问的是，展览部的人怎么没有向他报备就拿去修复？这件八大的作品底价就好几千万，是场子里的重点保护对象，任何关于这件作品的工作事项，都要直接向他报备的，这可不是闹着玩儿的事。而电话那头，展览部的经理听完李名博的训斥，吓得一身冷汗，结结巴巴地回答，他没有把画拿走去修复啊！

李名博挂断了电话，看着空置的画框，突然感觉到了事态的严重性：刚才一时着急没有反应过来，如果展览部要将这张八大山人的画拿去做个小修复，这个画框怎么可能会挂在这里？昨晚七点展厅关门的时间，他恰好陪客户看这张画，看完走出展厅，保安已经将场内人员清空，展览部的人开始清点拍品。大概半个小时之后，约7点半左右，展览部经理给他打电话汇报清点工作，一切无误。今天早晨，他们又是第一拨进展厅的参观者。然而，戏剧性的事情就这样发生了，八大山人的画作，从画框里消失了。

02

丢失拍品，尤其是如此贵重的古代书画作品，对奥克逊公司来讲，无疑是天大丑闻，丑闻的背后，必然跟着一系列麻烦。

当李名博意识到画作丢失的这一刻，他的喉咙好像一下子就被抽干了水分似的，炙烧般的疼，额头上也渗出了汗珠。他不由得在空置的画框前来回快速地踱步，想想自己从业近二十年，这可是大姑娘上花轿——头一回，这样的事情绝对是个丑闻啊！发生这样的事情，不仅委托方客户那里没法交代，对关注这件作品，尤其是想要参与竞买这件作品的客户也没法交代，更是对上级单位没法交代啊！

李名博在奥克逊拍卖公司担任总经理已经有五年了，这五年，恰好赶上新常态的经济形势，又赶上中央的持续反腐，艺术品拍卖行业从风光的“亿元时代”开始往回调整，各个拍卖行的成交业绩都大量缩水，有些小公司生存艰难，只能关门大吉了。奥克逊是国内知名的拍卖行，他的一举一动，具有风向标的作用，是行业内关注的焦点。要说李名博还是很有几把刷子的，他首先带领大家做了深入的市场调研和奥克逊品牌分析，找到企业的自身优势和价值所在，在观念上达成共识，形成一种凝聚力；然后有针对性地去征集客户感兴趣的拍品，并下功夫做好拍卖作品的价值挖掘工作。通俗地讲，以前的做法是，先不管三七二十一，做满满一大桌菜，看客人们喜欢吃什么；现在则是，先去了解客人们爱吃什么，然后再去找食材，用精心烹调的方式，去做成一桌菜，满足客人的需要。

因为转变了思路，所以奥克逊公司在这几年的市场调整期里，总体走向平稳。这次春拍，原本是李名博的收官之笔，他的五年总经理任期即将到期了。所以，这场铆足了劲准备的艺术饕餮盛宴，原本是要为他的任期画上一个完美的句号的。从美国回流的这批作品是这场春拍的核心，而这批回流作品里，又以八大山人这件作品为核心之核心。然而现在，这个“核心之核心”，不翼而飞了。

“李总，我们现在怎么办？”童小桐的话把李名博从思绪里拉了回来，也让他明白他必须赶紧先让自己的大脑冷静下来，调整好心理状态，然后再一步步来处理。他很清楚，这件事情暂时不能声张，必须封锁住消息，绝不能让更多的人知道发生了失窃的事情。

“小童，给行政副总王斌打电话，让他去酒店监控室调昨晚的监控视频。”

童小桐刚要拨电话，李名博拿出手机：“算了，我打电话给他。”

“王斌，我在展厅现场，你现在在哪儿？八大山人的画不见了，你赶快到酒店的监控室调看展厅的监控录像，注意消息不要扩散。”

电话那头，行政副总王斌也是被惊到了，他正好刚刚在酒店地库停好车。王斌是公司的老员工，从公司成立那天起一直到现在，他就没有离开过。公司最初的各种证件执照、工商税务等，当年都是他去跑下来的。他对公司有着很深的感情。听完李名博的指示，他赶紧冲进电梯，赶往监控室。

这时，展览部的经理大汗淋漓地跑进了展厅。刚才李名博给他打电话的时候，他正在地铁里。地铁里信号不太好，所以他听得时断时续的，当听说八大山人的画不见了的时候，他可是真的吓了一大跳，直怀疑自己的耳朵出了问题。作为展览部人员，他们在展览期间，要比其他部门更辛苦一些。比如，展览期间要随时跟进拍品的展示状态，如果装裱处裂口了，轴头松了，镜框里的画错位了等等，都要及时进行调整修复；每天展览结束后，还要进行拍品的清点和检查工作，并确保与晚上值班的安保人员交接无误。

八大山人这件作品，是这次拍卖的重点保护对象。在拍卖前的工作动员会上，李名博总经理就特别指出，有关这件作品的任何问题，都由展览部经理直接向他汇报。这会儿，李名博一见到展览部经理进了展厅内，就用手指着展厅的大门，对他说："你去安排一下，将今天的展览时间推迟两个小时。你就说，展厅里的电路坏了，正在抢修。过来看展览的客人，可以请他们去四号厅听讲座。”

展览部的经理刚要转身冲出去，李名博又很严肃地叮嘱了一句:“对客人一定要客气。丢画的事，暂时不扩张。”

在李名博安排这些事情的时候，云非和程苏就站在一旁等着。这个时候，他们俩很默契地没有说一句话，也确实不知该说什么好。在展览现场，亲眼见证一件重量级作品不翼而飞，别说李名博这是大姑娘上花轿头一回，对云非和程苏他俩来说，也是真真切切的头一回!

“对不起，没想到会发生这样的事情，我也是一时懵了。请两位来看八大山人的画，可没想到……让两位见笑了！”李名博忙完上面一摊事，才想起身后的两位，很尴尬地说。

“很遗憾。”云非微微摇头，“需要报警吗？”

“是的，肯定要报警的。不过，我有点担心呐，这一报警，警车呜呜地开过来，一大队穿着警服的人进来，这事一下子就会捅开了，搞得沸沸扬扬的，我们这场费尽了心力的春拍肯定就泡汤了。最主要的是，委托方虽然在国外，但现在的网络传播速度如此吓人，他一定很快就知道画作丢失了的事，我一时没法跟他交代啊！”

“这种事情闹大了确实很不好，不仅委托方会特别在意，而且对这件作品也不是什么好事。”程苏想了想说，“我有个朋友在刑警队，是个副大队长，我给他打电话吧。”

李名博连忙说“好，好”，他觉得，这真是再好不过的了。

02

“陆坦，有个事情要麻烦你了。”程苏从包里拿出手机，给刑警队副大队长陆坦拨去了电话。

“苏小妹，你怎么有时间打电话给我？”陆坦和程苏是远亲，又是小学到高中的同学，陆坦一直管程苏叫“苏小妹”。

“是这样，我现在在海港国际酒店，奥克逊拍卖公司在这里有艺术品拍卖的预展。但是，今天早上，我们提前半小时进来看展览的时候，发现最贵重的一件古代书画不见了。哦，应该说，是可能被人偷走了。因为暂时不便于对外声张，不能闹得动静太大，所以没有打 110，我就直接打给你了。”

李名博听着程苏打给陆坦的电话，很感激地冲程苏作了一个抱拳的动作。

电话那头，陆坦问:“丢失的这张画，价值多少？”

“现场的估价标价是 3000 万到 5000 万，估计客人与拍卖公司签订的保留价也在这个价格范围左右。”程苏很了解艺术市场，对艺术品的定价规则也很明了。

“好的，我知道了。你让拍卖公司派一个人到公安机关来报案，展厅暂时关起来，不要让任何人进入，你们在场的几个人都不要离开，等我电话。”

因为涉案金额巨大，分局抽调了精兵强将立即成立了专案组，由周副局长亲自担任组长，陆坦担任副组长。

陆坦让专案组成员沙弥与负责网安的同志一起去海港国际酒店的辖区派出所提取酒店周边的治安监控数据，又跟小七和大白说:“你们两个跟我走一趟，大白去开 V50 车，其他人带上装备，开 S36 走。”

“明白，陆队。”大白立马起身去开车，其他几人也都迅速拿上各自装备。

V50 和 S36 是两辆大众车的车牌尾号，车辆不起眼，混入道路车流，立马就被淹没。

“苏小妹，我们很快就到。”陆坦在路上给程苏打了个电话。

03

海港国际酒店与滨城公安分局离得不远，大约15分钟的车程。

10点刚过，V50和S36就到了海港国际酒店的门口。

这个时候，程苏已经在大堂里等候。

“陆坦，你们来得还挺快。”程苏迎上来。

“苏小妹的呼唤，我哪敢不从？你看我一接你的电话，就飞奔而来了。”在程苏面前，陆坦总喜欢要要嘴皮子。

“别开玩笑了啊，楼上的李总可是要急得跳脚了。”程苏带着陆坦他们几个进了电梯。

“出了这样的事，拍卖公司怕影响不太好，所以我帮李总打电话给你。”程苏对陆坦说。

“我明白，剩下的事，都交给我们吧。”

电梯到了三楼，他们几个走出了电梯，然后左转走进一条走廊，在走廊尽头再左转，往前走一段，就进入拍卖展览的工作区域，这里是客户办理竞投号牌登记和交费的地方。在这个区域的左侧，就是展厅的入口处。

这个时间点，正常来讲，已经是开始展览的时间。但因为里面发生的事情，所以展厅大门依旧关着，由四位安保人员看管。在展厅的大门上，已经临时贴上了一个通知：

由于展厅电路设备故障，目前正在抢修，展览预计推迟至 11 点 30 分开始，敬请谅解！

（四号厅 10 点开始有艺术讲座，欢迎前去听讲！）

这个时候，李名博正在跟行政副总王斌交谈，一脸的紧张。看到程苏他们过来，赶忙把他们请进展厅旁边的贵宾休息室。

“李总，我来给您介绍一下，这是我们滨城公安分局刑警队副大队长陆坦，这几位是他的同事。”程苏给李名博介绍了陆坦他们。

“陆坦，这是奥克逊拍卖公司的李名博总经理，他是我的朋友。”

李名博握了握陆坦的手，诚恳地说：“公司发生了这样的事，让我措手不及，拍卖在即，我们希望知道的人越少越好。程教授亲自给您打电话，也是照顾我的想法，还请陆队多费心。”

“李总不必客气，这是我们的职责所在。”

陆坦一转身，看到了云非，他打了个招呼：“非总也在？”

“与程教授约好了过来看画的。”云非简单地回答。

“哦……”陆坦故意将这个“哦”字拖了好长的音。

“陆坦，那，这里交给你了。”程苏将陆坦的“哦”字长音切断了。

“好。今天早上进入过展厅的所有人都要做笔录。”陆坦转身吩咐小七，“一会儿你们几个，跟他过去做笔录。”

“大白，你让技术组负责展厅的勘查，你亲自带人去酒店监控室，把近期的监控数据全部扣押送检。”陆坦立即进入工作状态。

“李总，让程教授他们先去做笔录，您和这几位同事跟我说说情况吧。”陆坦让李名博他们叙述一下进了展厅之后发生的事。

李名博将进入展厅后发生的事情很详细地描述了一遍。从一进展厅，到发现画作丢失，再到安排公司行政副总去调看监控视频，以及安排展览部经理去推迟开展的时间等等。

陆坦又问：“负责安保的保安是几点换岗？”

王斌是负责现场行政事务的总指挥，他回答说：“保安是早上 9 点换岗。一天两班倒，早上 9 点到晚上 9 点，下一班是晚上 9 点到第二天早上 9 点。”

陆坦：“保安是在门外巡逻，还是进入展厅巡逻？”

王斌：“晚上 7 点展览结束后，展厅锁上门，保安只在门外面巡逻。只有等到第二天早上 9 点半开展之后，展厅内的几个安保岗位才有保安人员到岗。”

陆坦：“那也就是目前已经换过岗了。你赶紧通知这两拨保安都过来接受调查做笔录。”

在王斌打电话通知保安队长的同时，陆坦也给局里打电话请求增派人手。就目前来看，询问人员工作量比较大。

陆坦:“你刚才说，晚上7点展览结束后锁上门，那是怎么个程序？与门外巡逻的保安是如何交接的？”

王斌:“对对，我刚才没有说清楚。晚上7点展览结束后，展厅内先是清场，由安保公司的4名保安和我们行政部4名工作人员确认展厅内没有客人后，再通知展览部人员过来清点拍品。”

陆坦:“清点拍品的，仅仅是展览部人员吗？”

王斌:“不是的。因为要双方交接，所以展览部2名员工与安保公司2名保安一起清点，每个人手里都有一套拍卖图录，清点的时候，在图录上做标记。清点完后，再一起核对图录，完全一致之后，双方责任人签字，然后一起离开展厅，由保安队长锁门。”

陆坦:“钥匙由谁来保管？”

王斌:“钥匙由保安队长保管，到了9点半，他准时来开门。”

陆坦:“展厅门口，有没有警报设备？”

王斌:“有！每天早上展厅开门，钥匙一插入锁孔，警报就会响起，需要酒店工作人员在场手动去把警报摁掉。”

陆坦:“那，你们用的是什么监控设备？”

王斌:“我们用的都是酒店的监控设备。海港国际酒店的优势就是监控非常到位，尤其是我们展览的这个展厅，酒店提供的是全方位无死角的高清监控，这也是我们选择这家酒店作为预展现场和拍卖场地的重要原因之一。”

03

陆坦："监控室昨晚谁值班？"

王斌："酒店的工作人员。"

陆坦："好的，一会儿请你们几位也去做个笔录。"

04

晚上，滨城公安分局灯火通明，“名画被盗案”案情分析会开始。

陆坦先让小七作一下总体的案情介绍。

小七:“今天早上 9 点 20 分，我们接到报警，奥克逊国际拍卖有限公司在海港国际酒店展览的一件重要拍品被盗。10 点 05 分，我们到达现场。海港国际酒店的位置在开发区核心地带，紧邻滨海世纪大道，离我们警局 15 分钟的车程。被盗拍品在海港国际酒店三楼大厅展出，这是一件标价 3000 万至 5000 万的拍卖品。根据我们的调查，昨天晚上 7 点，展览结束后，奥克逊拍卖公司展览部人员与安保公司人员一起清点拍品。清点无误后，双方在清点记录上签字。随后，双方一起撤出展厅，由保安队长锁好展厅大门。锁门的时间点在晚上 7 点半左右，因为这个时候奥克逊拍卖公司的展览部经理给总经理李名博打电话汇报了工作。手机上通话时间是晚上 7 点 32 分。

“今天早上 9 点左右，奥克逊拍卖公司的重要客户云非提前过来看展览，他的主要目的就是要看这件被盗的作品。接待云非的是奥克逊拍卖公司的贵宾部经理童小桐。当李名博、云非和童小桐一起走进展厅时，发现云非想要提前过来看的这件作品，在现场只剩下了画框，里面的画不见了。随后赶来展厅的是云非的朋友程苏，她也是李名博的朋友。程苏是滨海艺术学院的副教授，她是跟云非约好来看展览的。”

小七对着幻灯片陈述完案情，陆坦让大白将现场勘查的结果通报给大家。

大白:“现场确实提取了不少指纹，回来后我们一直忙到现在。从目前的检测结果来看，能确认的指纹都是拍卖工作人员和镜框厂安装工人的。还有一些指纹，我们正在跟几个数据库进行滚动比对，暂时还没有什么发现。这件被盗作品是该拍卖会的重要拍品，所以，几乎所有参观者都会过来看一眼，导致脚印数量众多且互相重叠。提取到的几列成趟足迹，确定是今早先后进入展厅的几个人的。”

小七:“现场最先出现的几位，以及两拨换班的保安人员，从目前的询问结果来看，不具有作案时间，但还要进一步的调查确认。”

陆坦:“监控有什么发现？”

陆坦虽然这么问，但心里却对这个监控不抱有希望。他知道，一旦发生失窃这样的事情，监控往往是事先就被弄“瞎”了。

大白:“监控视频只显示了从昨晚 12 点到我们调看时候的录像，昨晚 12 点以前，监控设备中储存的数据都被删掉了，我们已送技术部门看能不能做数据恢复。”

陆坦:“删掉的只是展厅内的监控数据，还是酒店所有监控位置的数据？”

大白:“是所有监控位置的数据。从监控室提取的痕迹检测结果来看，能确认的指纹和脚印，都是监控室值班人员或是酒店工作人员的。”

陆坦:“监控室昨晚谁值班？”

大白:“我们询问了酒店的经理，也调看了他们的值班记录，昨天晚上从 7 点开始，是一位姓邱的工作人员在值班，他的工作时间是从当天晚上 7 点到第二天早上 7 点。”

小七:“他叫邱宝力，今年 43 岁，在海港国际酒店工作了八年。在他工作的第五年，被调到了监控室。他对工作很认真负责，前年还被评选过先进。昨天晚上，他一直在值班室，除了上厕所以外，没有离开过，没发现异常情况。对了，他上厕所的时候，都会将监控室的门锁上的。监控室没有窗户，进出就是这一扇门。

大白:“据了解，邱宝力高中毕业没有考上大学，就到城里来打工。从他这些年从事的工作来看，跟高科技完全不挨边，根据调查，可以排除他对监控设备动手脚的可能。”

陆坦:“沙弥，你那头的工作进展得如何？”

沙弥:“酒店周围很繁华，治安监控摄像头非常多，辖区派出所正在抓紧拷贝数据。”

04

陆坦:“晓雯、阿成，你俩有什么收获？”

上午收队时，陆坦特意留下了晓雯和阿成，让他俩混在参观画展的人群里，留心展厅开门之后，有什么情况出现。根据以往的侦破经验，偷盗者有重新回到案发地的可能。

阿成:“中午 11 点半，展厅开门了。我和晓雯在里面转了几个小时，确实看到很多人专门来看这张被盗的画。当他们发现这张画不见的时候，都非常惊讶。旁边的工作人员就会主动上去解释，说什么因为卖家要求提价，暂时先不拍了。不过在这些人里，没有发现任何可疑人员。”

陆坦点点头:“还有没有什么发现？有没有补充？”

小七、沙弥和大白都摇了摇头，在场的其他几位同事也表示没有什么补充。

陆坦直了直斜靠在椅子的后背，做一个小结:

“从目前掌握的情况来看，名画被盗发生在昨天晚上展览部人员清点完拍品，交接给巡逻的保安之后，也就是晚上 7 点半以后。双方交接完，展厅大门关闭，保安队长锁上了展厅的门。保安只在门外巡逻，里面的安全交给了监控。这是其一。

“其二，监控室显示的是从昨天晚上 12 点到我们调看时候的视频，而在此之前的数据都被擦掉了。因此，可以推断，案发时间应该在展厅门关闭后到夜里 12 点前这段时间，也就是从昨天晚上 7 点半到 12 点以前这 4 个半小时内。

“其三，在案发这段时间，展厅门外的保安巡逻没有发现任何可疑人出现，说明作案人是从展厅的其他位置进入的，这点需要进一步去勘查。

“其四，作案人把案发前的监控数据都删除了，有可能在此期间，他到酒店踩过点。目前的痕迹比对都没有什么发现，作案人应该有很强的反侦查能力，没给我们留下有价值的线索。

“其五，被盗物是一件标价几千万的书画作品，初步判断是侵财动机，但估计不会马上出手。只要他想变现，就可能会露出一些蛛丝马迹，所以大家也要多留心。

“明天早上九点半开始，是奥克逊拍卖公司开始拍卖的时间，晓雯、阿成，你们两个明天继续去拍卖场里转转、听听，看看能不能有所收获。”

05

周日的早上。

滨城的天气真是说变就变，昨天还是大晴天，今天却下起了雨。还好雨不算大，气温正合适。

奥克逊拍卖公司虽然闹出了这么大的事，但保密工作做得还可以。拍卖会将在早上 9 点半准时开始，此前已经陆陆续续来了很多客人。在场内大屏幕上，八大山人这件作品的撤拍信息混在其他作品的撤拍信息里，来回滚动播放着。

撤拍，是拍卖会上常有的事，就是临时将原来准备拍卖的作品撤掉，不再拍卖。撤拍的原因有很多，比如拍卖之前有人拿出强有力的证据证明这件作品是赝品，或者委托方与拍卖方产生了不可调和的意见冲突，更或者是在展览现场有人发现拍品居然是一件以假乱真的复制品等等。

一般来说，撤拍的多是当代书画家的作品。这是什么原因呢？很简单，因为书画家本人还活着，他觉得应该对自己的作品有发言权。这似乎是有道理的，书画家本人应该能对拍卖会上落款为自己名字的作品有发言权吧，应该能给出真或者假的鉴定意见吧？确实，大部分的书画家都是靠谱的，但是，也有一些书画家会因为各种原因而指出作品不是他本人的画作。比如，他觉得自己早年的作品画得不好，出现在拍卖会上有损他现在的形象，于是他就说这是假的；或者是，他看到某位朋友从他那里没花钱而要了张画，说是喜欢得不行，装裱好了要挂家里的，结果却拿到拍卖场上来变现了，于是他就不高兴了，说这张画不是他画的，是假的；更有一种可能是，他觉得拍卖场上的这张画标价太低了，远远低于现在藏家从自己手里买画的价格，于是也就违心地否认这张画……

因为这里水比较浑，所以有不少拍卖公司索性不理睬这些书画家的鉴定意见，不管是善意的还是恶意的，统统当作没听见。为此，还曾出现过不少起书画家状告拍卖公司的事情，在社会上闹得沸沸扬扬。

奥克逊拍卖公司在这一点上还是非常值得称道的，他们把很多工作做到了前面。他们会提前把征集到的当代书画家的作品拿去请画家本人确认，平日跟这些书画家经常联谊，创造各种增进彼此关系的机会。在这个基础上，如果有书画家对作品有疑义，公司会首先选择尊重他们的意见而撤拍。因此，奥克逊的当代书画在业内口碑很好。

话说回来，八大山人作品的撤拍，还是不容易掩藏的。

不过，从昨天中午解除警戒线之后，展厅内八大山人的画作就已经撤掉了。准确地说，是将那个空置的画框给撤掉了。在这个位置上，被挂上了另外一件重要的作品。

05

总经理李名博很细心，他特意安排童小桐部门的两位员工盯住这个位置，一旦有人问起八大山人画作的事，她们两位就去作如下解释：“委托方要求调高价格，我们正在商议，有可能这场春拍暂时不拍了。”

这样的处理，效果还不错。虽然引发了不少失望情绪，但到了拍卖那天，这种情绪基本上已经平复了，关于撤拍的关注度也降低了很多。总经理李名博也正在与委托方联系，他很清楚，这种事情，瞒是瞒不住的，倒不如向委托方和盘托出，然后再好好安抚：八大山人的作品是不幸被盗了，警方正在立案，要相信警察的能力；从委托方那里拿回来上拍的其他二十几件作品，拍卖公司这边已经做了大量的招商工作，应该会卖得很好的。总之，拍卖公司这边是会认真负责到底的。委托方从一开始的震惊，到愤怒，再到理性面对，最后还是同意了李名博给出的方案。

所以，除了八大山人画作被盗的事情先捂一捂，今天的拍卖，总体不会受到影响。

不过，非总今天肯定不会去现场了，程苏也是一样。

陆坦昨晚睡得很晚，但早上依然起得很早，不到7点，他就醒了。

他给程苏发了一条微信，问她今天在不在家。

程苏是个爱睡懒觉的人，但今天却也是醒得比较早，大概是受了昨天上午奥克逊被盗画作事件的影响吧。

程苏回复：今天在家。

陆坦看到程苏回微信了，知道她已经醒了，就给她拨电话。

陆坦："苏小妹，今天不去拍卖场吗？"

程苏："哦，今天不去了。"

陆坦："那，那位非总呢？他也不去吗？"

程苏："云非本来是想买那件八大山人作品的，结果昨天出了那样的事，他也就没有去的必要了。"

陆坦："要不然，你是不是还得陪他一块儿去拍卖场买画去？嘿嘿，这下不成了。那，林教授上午在家吗？"

程苏："我就猜到你打电话给我，其实是找绍海的。他在家呢，你过来吧，中午一起吃饭。"

陆坦："我就说你苏小妹冰雪聪明，没人能比嘛，多贴心。"

程苏："你少贫了，一会儿过来吧。中午想吃什么？"

陆坦："老三样！"

程苏挂了电话，收拾完，就去市场买菜了。

陆坦就跟一阵风似的，程苏买菜还没有回来，他已经先行一步到了程苏的家了。

林绍海开门一见陆坦，就乐了。

"陆坦，你可真够快的，我这早饭是不是又得分你一半啦？"

"林教授，你看你，多么严谨的一个教授，怎么也跟苏小妹学坏了，哪能那么猜测别人呢？"

陆坦一进屋，瞥见了餐桌上的牛奶、煎鸡蛋和小笼包，还有一盘洗好的水果，一下子忍不住了："林教授，你也太幸福了吧。

你看，我们从小就受到父母和老师的教导，要学会分享，学会分享，你这样一个人独享不好吧，独乐乐不如众乐乐，来，我替你分享分享。”

还不等林绍海说什么，陆坦已经坐下来，给自己倒了一杯牛奶，用手指捏起一个小笼包就往嘴里送。

林绍海只好无奈地坐下来看着他。

“每次来，你都像是饿死鬼投胎，我家里的东西就那么好吃吗？”

“你瞧你，饱汉不知饿汉饥！你每天早上，苏小妹都给你弄那么多好吃的。我呢，除了凉水，啥都没有。昨晚开会弄得太晚，到家里饿得不行，找不到丁点儿吃的。只好猛喝了两杯水，然后赶紧躺下睡觉。”

“找个弟妹，就那么难吗？你老实说，是不是太挑剔了？”

“找不到像苏小妹那么好的。”

“你呀，总能把天给聊死。”

每次，林绍海夫妇跟陆坦说到找对象的事，陆坦总一句“找不到像苏小妹那么好的”宣告关于此类话题的结束。

在陆坦吃饱喝足之后，程苏买菜回来了。

“是不是又跟绍海抢吃的了？”

陆坦装作没听见，一脸得意。

程苏递给林绍海一个三明治：“知道家里来了饿狼，一定抢了你的早餐，所以给你带了份回来。”

这下陆坦受不了了："太欺负人了啊！你俩哪能这样的，公然秀恩爱。不行，太欺负人了。"

陆坦假装捶胸顿足，一脸悲愤。

程苏看着陆坦夸张的样子，忍不住笑了。

三人一起坐下来，林绍海问陆坦："小苏回来跟我说了名画被盗的事，现在有方向了吗？"

陆坦说："还没有。酒店的监控数据被擦掉了，现场人员也都被排除了嫌疑，所以一时没有了方向。不过，监控室里，一定发生过什么。"

程苏摇了摇头："偷盗这样名贵的作品，真是很不明智。"

陆坦非常不解："怎么不明智？几千万呐！不过，好像不容易出手吧？万一大家不认为是真的呢？"

"问题不在于真假，这个行业里，有的是火眼金睛。但不容易出手却是真的。"程苏解释道。

林绍海说："的确，偷盗艺术品之后最大的难处在于如何销赃。之前看过一本书介绍国外的艺术品偷盗案，一般这些窃贼会将艺术品拿到黑市里去卖，但在黑市里只能卖到公开市场上十分之一的价钱。"

"而且还会承担很大的风险。"程苏补充道。

"如果窃贼急于出手倒好办了，就怕是受雇于什么人，画再不露面了。只要能露面，就好办。"不过，陆坦还是很好奇，为何一张画，价值要好几千万："苏小妹，八大山人，这个名字真是奇怪，他是什么时候的人？为什么他画的画那么贵？”

“八大山人在美术史上可是个很了不起的人物，他是明末清初人，是朱元璋第十七子的九世孙，原名叫朱耷。明朝亡了之后，他削发为僧，后来又改信了道教。因为有了这段人生经历，所以他的画风就跟其他人很不一样。比起同时代的人，他的画里充满冷逸、孤傲、悲愤等情绪。”

陆坦点了点头：“原来还是个皇族后裔。他的画一般卖多少钱？”

“从拍卖会上来看，几百万到几千万的都有，而且画得精彩的作品越来越值钱。”

陆坦心里暗想，乖乖，我这工作一辈子挣的钱，可能都抵不上他一张画的边角呀，怪不得偷盗者眼红呢。

聊了会儿，程苏起身去准备午饭了。

陆坦继续跟林绍海聊这个话题。

林绍海是省重点高校滨海大学的心理学教授，是滨海大学从国外引进的专业人才。当年，滨海大学一直想要成立心理学学院，但没有合适的人员来挑大梁。他们找到了在美国斯坦福大学获得心理学博士学位的林绍海，而林绍海在国外工作了几年也正想回国发展，所以这件事情算是水到渠成。林绍海现在担任滨海大学心理学院院长，也是滨海公安分局特聘的犯罪心理学顾问。陆坦这次来找林绍海，也是想跟他一起探讨一些问题。

陆坦说：“林教授，我觉得这个案子还是有很多疑点的。”

林绍海给陆坦拿了一瓶饮料:“陆坦，你还是叫我大海吧，被你一口一个林教授，叫得我怪不习惯的，特别见外！”

陆坦接过饮料:“好好，大海，在你家我就不装大尾巴狼了，主要是我怕苏小妹会责怪我。”

林绍海说:“你的苏小妹也不习惯你拿腔作调地管我喊教授。”

陆坦呵呵一笑，确实，他喊出的“林教授”总是故意把“授”字弄出个拐弯音来。

06

每每他们三个人在一起闲聊的时候，陆坦就会特别怀念当年与程苏、林绍海一起读书上学的时光。

陆坦与程苏，是在一个小镇上长大的，他们两家还算是远得不能再远的亲戚。陆坦比程苏小半年出生，但是上学时间都一样。尽管是远亲，带了这么一个“亲”字，但他们俩也是上小学后才认识的。

陆坦很喜欢看程苏梳两条小辫一甩一甩的模样，辫尾还绑上个漂亮的粉色蝴蝶结；程苏最喜欢穿的白色小裙，也是陆坦看着最喜欢的；程苏学习成绩特别好，背诵起古诗来，节奏把握得恰到好处；程苏画画很有天分，她跟着镇上一个早年美术学院毕业的人学画画……总之，在陆坦的眼里，程苏样样都好，而且都好得恰如其分。

程苏也很喜欢这个明明比她小半年，却总是让她管自己叫哥的人。陆坦遗传了妈妈的基因，长得很帅气，圆圆的眼睛，双眼皮，一笑起来似乎还有两个酒窝。程苏喜欢这个帅气的弟弟，是因为这个弟弟总是想要充当大哥哥来保护她。在班里，要是哪个男孩子敢欺负程苏，陆坦就会立马挺身而出，瞪着圆圆的眼睛，捏着小拳头，把欺负程苏的孩子赶跑。

有一回，班里有个特别淘气的男孩子，从水田里抓了一只小青蛙带到学校，趁着课外活动的时间，他把小青蛙偷偷地放在程苏的铅笔盒里。上课铃声响了，程苏和小伙伴回到教室上课，就在她打开铅笔盒的瞬间，这只小青蛙“噌”地一下跳了出来，直接撞到了程苏的鼻子上。被惊吓到的程苏“哇”的一声大哭了起来，惊恐地浑身颤抖。而那个恶作剧的男孩子看到自己吓唬人的目的达到了，忍不住哈哈哈直乐。程苏突然的哇哇大哭，打断了老师的讲课，也引来了正好在教室外巡视的教导主任。最终，那个淘气的男孩子被老师拎到了办公室去写检讨，而程苏却也被老师责怪，说她动静搞得太大了，很让老师丢面子。

这件事情可把陆坦气坏了，他可是不允许任何人欺负程苏的。那天下午放学后，他在路口堵住了那个搞恶作剧的男孩子，挥着小拳头警告他，如果以后再敢欺负程苏，他就对他不客气。那个淘气包才不管呢，伸手就去抓陆坦的拳头，又用脚胡乱踢陆坦。陆坦本来就有气，被淘气包这么一折腾，更是恼火，于是两个人就扭打了起来。最终，陆坦把淘气包给推到了地上，他坐在淘气包的身上，用胳膊肘顶住淘气包的脖子，让他发誓，以后再也不欺负程苏。淘气包连连叫饶，保证以后见了程苏就跑，陆坦这才让他起来。

结果，淘气包回家后，把挨打的事情告诉了父母，父母又找到了老师，然后老师又找了陆坦的父母……总之，陆坦最后也被批评和处罚了。但是，从此以后，淘气包真的再也不敢欺负程苏了，见了程苏就绕得远远的，这倒让陆坦很满意。

等到上了初中，陆坦与程苏分到了同一个班。程苏依然学着画画，而且她立志将来要考 GM 美院，那可是美术类专业的高级殿堂。一开始，他们俩放学回家一块儿走。但是渐渐地，同学们起哄他俩是一对，陆坦还傻乐呢，程苏不干了。于是，程苏为了避嫌，平时在学校就很少跟陆坦说话；放学回家，约着几个女同学一起走，再也不等陆坦了。

陆坦失落极了。有段时间，他的学习成绩直线下降，父母因此还被叫到学校里来。好在陆坦的父母都比较开明，回去对陆坦作了正面的引导，陆坦的学习成绩又上去了。从此，陆坦学会了从一旁远远地欣赏程苏，他明白女孩子的内心是很敏感的，也很在意周围人的眼光，所以自己不能给程苏添麻烦。

初二那年，班上转学来一个男孩，就是林绍海。林绍海从小在外婆家长大，所以小学和初一都在外婆家那里上的。后来，林绍海的父母把孩子接到自己身边，林绍海也就转学到了镇上的中学，正好与程苏、陆坦在一个班。

林绍海很招人喜欢，他长得很周正，脾气好，学习成绩也好，跟同学们处得非常融洽。让程苏格外关注的一点是，林绍海水墨画画得很赞。有一次，程苏主动问林绍海，是不是将来想考美院？林绍海说，画画只是他的爱好，他不会考美院的。林绍海的回答，让程苏难过了很多天。

那时候，班里每周都要出黑板报，需要写字写得好看、画画基础好的学生担任。程苏和林绍海成了出黑板报的搭档，两个人写粉笔字都好看，画画也完全没问题。不过，经历了跟陆坦一起回家被说闲话的教训，程苏对林绍海故意表现得很冷漠，其实内心里，一直在默默地关注着。

陆坦看到程苏和林绍海成了搭档，心里可是急坏了。

于是，每周五放学后，程苏和林绍海在教室里出黑板报，其他班委在那里帮忙，陆坦就故意在教室里磨蹭，热情地帮这天的值日生一起打扫卫生。等到程苏他们弄完黑板报，天已经快要黑了。陆坦骑着自行车，远远地跟在程苏自行车后面，做一个不敢出声的护花使者，一路跟着程苏，确定她安全到家，他才急匆匆地骑自行车回自己的家。

在陆坦的印象里，这是一生中最美好的回忆之一了。就算现在，偶尔也会做梦，梦见当年跟在程苏自行车后面，送她回家的情形。只不过在梦里，他经常梦到被程苏一回头给发现了，所以常常给吓醒。醒了之后，便是无限回忆！

初中毕业那年，他们三人一起考上了市里的重点高中，而且居然还是在同一个班。

高中时候，男女生之间的关系要比初中时候缓和了好多。初中的女孩子，哪怕自己心仪某个男生，也要装作跟他势不两立的样子，以免引起同学的怀疑和议论。而到了高中，大家仿佛一夜之间就长大了，开始试着欣赏身边的异性同学，和异性同学友好地相处。

程苏不再不搭理陆坦了，她有时会跟他讨论互相感兴趣的话题，也或者一起解决一道数学难题。陆坦的心里，一方面是美极了，因为程苏又跟他说话了；另一方面又无比担心，程苏跟很多男孩处得都不错，尤其是跟林绍海，而且，他们两人之间的共同语言好像要比他跟程苏还多。

陆坦就这样，时而欢喜着，时而担忧着。

有的时候，陆坦也觉得自己挺可笑的，自己紧张成这样，还不知程苏心里是怎么想的呢？就在这种紧张又快乐的日子里，他们三人成了很好的朋友。陆坦管程苏叫“苏小妹”，管林绍海叫“大海”，而程苏和林绍海则管陆坦叫“坦克”。

一转眼，到了高三填报志愿的日子。

陆坦一直想看看程苏填哪里。程苏不给他看，她说，不在同一个城市更好，可以互相串着玩。

程苏却很想知道林绍海填了哪里，但她又不好意思去问。恰恰这个时候，林绍海主动来问她了，她心里顿时好开心。她说，她的第一志愿是 GM 美院，想学国画。她知道，林绍海的国画画得很好，或许，林绍海会为她改变主意呢！

林绍海说，这是个不错的志愿，只是考起来会比较难。

但是，程苏很坚持，因为这是她一直以来的梦想。

高考，就这样惊心动魄地开始，又在各地飞来的录取通知书中慢慢落幕。

命运似乎特别喜欢捉弄人，程苏想考上北京的GM美院，结果第一志愿没有录取，收到的是H市工艺美术学校的录取通知书；林绍海看到程苏一心要到北京上GM美院，就报考了北京的大学，结果很顺利地被录取了；陆坦的梦想是当警察，所以报考了省警校，也很顺利地录取了。就这样，一场高考，三个好朋友将奔赴不同的城市，面对属于自己的不同人生。

收到录取通知书的那天，程苏哭了整整一夜。她深深地感觉到，自己的梦想就此破灭了。她从小的努力和骄傲，从一开始的坚持和梦想，都将结束在这张录取通知书上。更让她痛心的是，原本想要跟随她步伐的林绍海，却成功地被北京的大学录取，将去往她梦寐以求的城市，老天真是跟她开了一个天大的玩笑！

陆坦却很开心，但是在程苏面前不能表露出来。H市工艺美术学校虽然跟他的警校不在一个城市，但两个城市之间有火车通行，大约3个小时的路程。比起北京来，这点路程能算得了什么呢？

对于程苏来说，接下来度过的是一个让她痛苦无比的暑假。她原先的所有规划，包括与同学们一起出游的各种计划，都被她取消了。她成天在家里待着，看看小说，画会儿画，谁来约她出去玩，她都拒绝了。

林绍海考上了北京的大学，这在他家族里也是一件很轰动的事。在大学扩招以前，考大学可不像现在那么容易，尤其考上首都北京的大学，那确实是很风光很有面儿的事。所以，有一段时间，林绍海一直被安排在家族的各种为他庆贺的饭局中。等到饭局平息，他打电话联系程苏，程苏一听到他的声音，就特别难过，不知道说什么好，甚至都觉得自己特别自卑。

除了高考不如意，让程苏更为难过却无法说出来的是，为什么林绍海隔了那么久才给她打电话？而且在电话里，林绍海也没有表达出遗憾之类的意思，只是说，大家上了大学，依然都要好好学习，保持联系什么的。程苏听着，觉得索然无味，没有意思。

陆坦如愿考上了省警校，他的家族也是很为他自豪。跟林绍海差不多，陆坦也一度处在各种为他庆贺的饭局中，他也被当作家族的榜样，被那些亲戚家的小孩子们崇拜。陆坦也打电话给程苏，但不巧的是，有那么一段时间，程苏家的电话线路似乎出了故障，陆坦听到的都是忙音。等到庆贺的饭局过去之后，陆坦的父亲带他去了一趟上海。陆坦的父亲在上海有一个战友，当年他们在一次野外训练中成了生死之交。战友听说陆坦考上了警校，特别高兴，就邀请父子两人来上海玩。

战友带着父子俩把上海玩了个遍，这让在小镇上长大的陆坦大大开了眼界。两周之后，陆坦回到了家。一回家，他就给程苏打电话。他在上海用自己的零花钱给程苏买了个礼物，他想去送给她。程苏依然提不起精神来，同时也对陆坦那么久才联系她有些生气，所以拒绝了。她似乎觉得，一场高考下来，自己就成了被遗忘在角落里的那个人了。

陆坦感觉到了程苏的不快乐。隔天，他骑着自行车，直接来找程苏了。陆坦的车篮里，带着送给程苏的一条玫红色丝巾。然而，就是那么不巧，程苏跟妈妈去姥姥家了。陆坦很无奈，他看到程苏家门边的墙上有一个小报箱，他就把丝巾从报箱缝里塞了进去。

晚上，陆坦给程苏打电话："苏小妹，报箱打开了吗？"

"丝巾是你放进去的？"

"这个颜色，你喜欢吗？嗯……我觉得，你应该会喜欢吧。"

"好看。可是……"

"你觉得好看就行。我是背着我爸爸，偷偷买的。"

程苏觉得这样不好："你不应该这样。"

陆坦说："那，你是说，我应该跟我爸爸讲，我要给我喜欢的女孩子买条丝巾？哈哈。"

程苏有些生气地说："坦克你能不能不开玩笑啊？"

陆坦赶紧说："我没有开玩笑啊，我是很认真的好不好？我是真的，很那个……喜欢你嘛！"

程苏不禁叹了口气："我有什么好喜欢的，我现在，考得那么不好，你们都考得那么好，我……"

陆坦说："谁说你考得不好啊？H市工艺美术学校也是很有名的好不好？反正你是学画画的，在哪里学，只要自己努力，都能学好的。"

06

程苏完全听不进陆坦说的这些话。那种巨大的心理落差，只有她自己明白。更何况，她还有不能说的原因，她觉得，从此，她跟林绍海走的就是两条完全不同的路了。

电话那头，陆坦认真地说："苏小妹，上大学之后，第一个学期，我就去看你，到时候，你可不能不见我！"

"你们警校学生不容易出来吧？"

"那也总有来看你的时间的。"

程苏想了想说："到时候再联系吧。"

陆坦约程苏，改天一起去找林绍海玩，程苏答应了。

过了几天，陆坦约上了程苏和林绍海，坐公交车去海边捡贝壳。小镇有一趟公交车直达海边的边防哨所，这趟公交车恰能经过程苏的家门口，而陆坦和林绍海则需要先骑自行车到公交站台，然后在程苏上车后的第三站，他俩上车。

海风微微地吹着，正是退潮的时候。三个人在沙滩上捡了会儿贝壳，又抓了几只螃蟹。程苏为追着捉一只小螃蟹，差点摔倒，陆坦和林绍海赶紧去扶她。

玩够了，三个人在沙滩上坐下来。

陆坦感慨道："苏小妹，你说咱们这一转眼，高中就毕业了，时间过得还真是快啊！"

林绍海说："是啊，我也觉得时间过得好快。咱们三个人在一起学习，一起玩，都已经有四年了。"

陆坦故意挑衅道："我跟苏小妹都已经 12 年了，我们是 12

年的朋友。大海，你是不是很羡慕我？”

林绍海笑着说：“好吧，我很羡慕你。不过，不管怎样，我们三个都是好朋友了。”

陆坦提议：“开学之后，我们互相写信吧。苏小妹，你要给我们回信啊。”

程苏笑了笑：“嗯，肯定会的，你们，别忘了我就行。”

陆坦和林绍海，异口同声地回答：“怎么会？”

说完“怎么会”，他俩也觉得太默契了，转而，心里各自却有点暗暗的小嫉妒。

这个时候，程苏站起身，在沙滩上慢慢走着，一阵风吹来，发圈松松挽着的长发，和着白色长裙的裙角，在风中飞扬。她弯腰捡起一个小贝壳，走了几步，又捡起一个小石子。阳光把她的身影，在金色的沙滩上，拉得特别修长。

两个坐在沙滩上的大男孩，看得心都醉了……

那一年的九月，开学了。

07

“陆坦，你刚才说这个案子还是有很多的疑点，你说说看呢。”

林绍海的问题，让陆坦的思绪重新回到案子上来。

“大海，你帮我分析分析，你说这个偷画的人，他的动机是什么呢？就是看上了价钱高吗？”

“整个展厅里，那么多画，他偏偏挑了这张最贵的，乍一看很容易让人觉得，他就是冲着价钱去的，”林绍海分析，“但是，如果只是为财，展厅里其他的画也都是价值不菲的拍品，为什么不多拿走几张呢？而且偷了画还把画框挂回去，这个动作有些多余，所以在这张画再度现身前，有很多种可能，比如：偷盗者可能就是喜欢这件作品，偷回去后就此密藏了，不会再拿出去交易；或者，他的行为纯粹就是为了想要获得一种高峰体验，寻求刺激；又或者，他跟奥克逊拍卖公司结过矛盾，闹过冲突，出于报复心理，把画给偷盗了……”

“如果是这样，那就不是一般的物欲型盗窃案件了。我查了几个国外的名画被盗案，确实动机不一，而且背后还有一些财团和藏家的影子。但是国内这类的案子还很少见，我市的话这还是第一起。照你这么说，这个犯罪人是盯上了这件作品或者是盯上了这次拍卖，而不只是单纯为了钱。他倒是随心所欲了，害得我们周末都不能休息。”陆坦表现出很无语的样子。

陆坦和林绍海正聊着，临近阳台一侧的卧室的门打开了。

程苏的儿子程子墨走了出来。

“子墨，你又睡懒觉啦？”陆坦很喜欢这个孩子。总之，和程苏相关的一切，他都无理由地喜欢。

“坦克叔叔来啦，我好像在睡梦里听到你的声音了，所以就醒了。”

“呵呵，好小子，你就是说我吵到你了呗，还睡梦里呢。”

“不然，我就说，你又来蹭饭了，你可高兴了？”

“我高兴啊，我本来就是来蹭饭的嘛！”

程子墨也很喜欢这个坦克叔叔，这个叔叔很多时候都是无原则地宠爱他，他也不知道为什么能跟这个叔叔那么投缘，他似乎能从与陆坦的交往里，感受到想象中所谓的父爱。

“子墨，去洗漱吧，你妈妈给你留了早饭。”林绍海说。

“哦，好，你们聊吧，不打扰你们！”

程子墨走进洗手间，关上了门。

陆坦:“子墨快要高三了吧？”

林绍海:“是啊，下半年九月份开学就是高三了，不过，现在学校课业抓得紧，高二的孩子已经提前进入到高三的状态，子墨每天在学校晚自习到 9 点半才放学回来，早上 7 点又得到校早读。现在的孩子，学习一点都不轻松呐。”

陆坦：“我们那时候是怎么过来的？都有点忘记了。不过，高中的生活，还是很充实的。每天的任务就是学习，学习，再学习，没有别的杂念。”

陆坦说完“杂念”这个词，觉得有点不妥当，或者说是不符合实际吧。那个时候，他除了学习，学习，再学习，还是有别的杂念的。他偷偷瞥了一眼正在厨房里忙碌的程苏，想想那个时候自己除了学习，一门心思都在她身上了。所以，不知道现在这些孩子的“杂念”会不会跟自己当时一样。

林绍海在陆坦“杂念”这个问题上没有接话，他已经习惯了在陆坦说到这个敏感话题时巧妙地避开，并转移到别的话题：“你刚刚说，监控室里，一定发生过什么，我觉得，需要弄明白的是，数据是怎么被擦掉的？如果不是酒店内部人员出了问题，那会不会是被远程操控了呢？你可以让网安人员去检查一下。”

陆坦点点头：“我也是想到了这一点。既然当晚值班的人员排除了嫌疑，那这个动手脚的人，就应该在这个监控室之外了。昨天晚上我们分析完案情，也觉得监控室需要进一步去勘查，所以今天已经请网安部门派人去海港国际酒店的监控室了。”

正说话间，突然从卫生间传来“砰”的一声响。

“怎么了，子墨？”听到声音，程苏从厨房间走出来。

林绍海和陆坦也都站起身。

“哦，没事，我……不小心把牙刷杯掉地上了，玻璃杯……

摔破了。”程子墨小心翼翼地解释。

林绍海想要推门进卫生间，发现程子墨习惯性地将门反锁了。

“子墨，怎么又把门给锁上了，在自己家里，你不要锁门。”林绍海转了转门锁。

“我刚刚上厕所，所以……”

“没伤着手吧，子墨，下次要小心点，男孩子做事情，可不能毛毛躁躁的。”林绍海对着里面说。

“我没拿稳……”

“子墨，没事啊，坦克叔叔我从小到大，都不知摔坏过多少个杯子了，碎碎平安，碎碎平安，你别去捡啊，小心扎到手。”

“嗯，我知道了，一会儿我拿笤帚来扫。”

“哎，这就对了，小心点啊。一会儿坦克叔叔帮你扫！”

程苏和林绍海对望了一眼，两人无奈地冲着陆坦笑，他俩已经习惯了陆坦对子墨无原则的、赤裸裸的宠爱，实在拿他一点办法都没有。

陆坦和林绍海坐下来，继续聊着刚才被打断的话题。

“陆坦，你们的犯罪重建工作做得怎么样了？我还是那个观点，犯罪人的行为总是在他的心理支配和影响下完成的，并且肯定会留下相应的痕迹。把这些痕迹收集好，并根据痕迹形成的规律重建犯罪人的行为过程，是推断其当时心理的重要依据。只有通过现场重建得到符合实际的、客观的认识，才能使犯罪人刻画有的放矢。”林绍海长期从事理论工作，总是改不掉身上的学究气。

“目前现场重要工作还在进行中，最近这段时间，可能还少不了要来打搅你。”陆坦已经习惯了林绍海的话风。

程苏在厨房里忙活着。陆坦点名要的“老三样”，是程苏最拿手的红烧肉、糖醋虾和清蒸鱼这三道菜。不过，今天没有买到合适清蒸的鱼，所以她买了两条大鲫鱼，用来炖汤喝。

要说陆坦一直欣赏程苏，这不是没有道理的。程苏现在是滨海艺术学院的副教授，中国美术史系主任，同时兼授花鸟画创作，平时工作非常忙碌。陆坦觉得，古时候形容女子贤惠的“上得厅堂，入得厨房”，用在程苏身上，那真是再合适不过。

午饭时刻，程苏把饭菜都端到餐桌上了。

“哇，好香啊！”陆坦使劲地吸了一口气。

“可以吃饭了，你们过来吧。”程苏把一锅鱼汤端了上来。

“真是很香啊！小苏的手艺越来越好了。”林绍海也忍不住夸赞了一句。

“大海，我们苏小妹的手艺什么时候不好过？你看这些菜，颜色搭配得多好看，味道就更不用说了，这都是她的拿手好菜，我今天一定要吃两碗米饭！”陆坦围着桌子转了一圈。

“是啊，色、香、味俱全。”林绍海觉得陆坦的馋嘴样很有意思。

“你俩喝什么？”程苏问。

“花雕”，陆坦抢先回答，然后冲着林绍海说，“你也喜欢的。”

林绍海说:“家里一直备着花雕呢，就知道你会搞突然袭击的。”

“只备花雕哪够啊，某人偶尔也会换个口味，指名要个红的、白的，这不准备着还不行呐。”程苏假装抱怨道，把花雕酒递给了陆坦。

“所以说，我们的苏小妹就是一万个好嘛！”陆坦接过酒瓶，先给林绍海倒了一杯，又给自己倒上。

“用不用给你们把酒温一下？正好家里还有话梅。”程苏问。

“不用不用，这样喝挺好，就着鱼汤更好！”陆坦已经给自己舀上了一碗鱼汤。

“子墨，吃饭啦！”陆坦喊道。

程子墨洗漱完后，吃了个三明治，喝了一杯牛奶，然后又回房间写作业去了。这会儿喊他吃午饭，他懒懒地从房间里走出来。

“我一点都不饿。”

“子墨，你看，你妈妈做了那么多好吃的，有坦克叔叔最爱吃的‘老三样’，你陪我一块儿再吃点吧。”陆坦拉着程子墨，让他坐下来。

“子墨，早饭虽然吃得晚，但午饭是一定要吃的。你妈妈做了红烧肉、糖醋虾和鲫鱼汤，还有这几个蔬菜，这些都是很有营养的。你现在功课那么紧，很需要补充营养，知道吗？”林绍海一边说一边把筷子递给程子墨。

“嗯，好的。”程子墨接过了筷子。

“苏小妹，你也喝一口吗？”陆坦问程苏。

“你们喝吧，我下午可能还要出去一趟，喝了不能开车。”程苏给程子墨舀了一碗鱼汤。

陆坦一边不住地吃着，一边不停地夸赞。陆坦喜欢这“老三样”的味道，也是他小时候在味蕾上留下的记忆的味道。程苏和陆坦生活在同一个小镇，同一个小镇上的人做出来的菜都是差不多的味道。但是在他们小时候，物资相对匮乏，经济不如现在发达，镇上的人也不可能经常吃大鱼大肉。因此，偶尔的一顿红烧肉、糖醋虾，或者清蒸鱼，总在孩子们的味蕾上徘徊很多天。长大之后，求学和工作在外，离开家乡，也就离开了熟悉的味道，再贵的山珍海味，还是比不上心中的那碗“珍珠翡翠白玉汤”。陆坦自己不会做这些菜，但是程苏学会了。所以，在程苏这里，陆坦小时候味蕾上留存的记忆就会被鲜活地调动起来。

“对了，陆坦，最近有一个八大山人书画展，你可以去看看。”程苏提议。

“什么时候？在哪里展览？”陆坦问。

“下周三开始，在省美术馆。”

这个时候，一直埋头喝汤的程子墨，抬起头很兴奋地说：“这个展览很厉害的，是全国好多地方美术馆馆藏的八大山人作品。”

“嚯，子墨，你也对这个名字奇怪的人感兴趣？”陆坦拍拍程子墨的肩膀。

“嗯，我……喜欢他的画。”程子墨回答。

“苏小妹，子墨真是得了你的真传了。你从小就爱画画，考大学就奔着画画的目标去的……”陆坦说完这个，突然意识到有点说多了，“呃，子墨真是有你的艺术基因呀。”

程苏没有搭话，林绍海端起酒杯:“陆坦，别光顾着说啊，喝一口。小苏做了那么多好吃的菜，而且都是你爱吃的，你不抓紧，可都要被我们消灭了。”

“哦，就是就是。来来来，大海，咱们干了这杯吧。让子墨瞧瞧，什么叫作男人的豪爽！子墨，看着我们啊！”陆坦扬起脖，把一大杯花雕喝了下去。

黄酒的味道，比之白酒的辛辣、红酒的酸涩，更有一股悠远、绵长的甜腻。

08

滨海高级中学，在滨海开发区内。这是一所省属重点中学，原来是在老城区，前几年在开发区内建成新的校区，老城区的校区就此废弃了。新校区基础配套设施非常好，师资力量也很强大，是众多家长替子女们向往的学校。

程子墨就在这里上高二。

周一的早上，程子墨的班主任尹老师给学生们开完早班会，回到办公室整理上周的学生成绩和考勤记录。尹老师是省里的优秀教师，经常在语文教学比赛中获奖。她工作认真细致，对学生要求严格，班上的孩子对她是又敬又畏。

尹老师翻看着学生们上周的考试成绩，总体还比较满意，班里考试成绩落后的几个学生，上周明显有所提高；而她非常看好的几个尖子生，发挥依然很稳定，程子墨、李欣淼、刘丹丹、王一帆这几个孩子基本上每次都占据着前五名的成绩。

当尹老师翻看到考勤表的时候，她的眉头皱了起来。

她最心爱的两个学生：程子墨和李欣淼，居然缺席了上周五的晚自习！

上周五，她恰好赶上家里有事情，所以下午放学后就离开了，临时请隔壁班的班主任老师关心一下班上的情况。尹老师觉得，这个班级，她已经带得很顺手了，学生们都很有自觉性，班上的几个尖子生也能起到带头的作用，她离开一个晚自习时间，应该不会有问题的。可谁知道，正是最让她放心的两个学生，竟然没有去上晚自习！

尹老师当时就很恼火。

等到两节课后课间操的时间，她把程子墨和李欣淼都叫到了办公室。

尹老师首先问程子墨："上周五，你怎么没来上晚自习？"

程子墨看了一眼尹老师说："对不起，尹老师，上周五晚上，我去看动漫展了。"

尹老师不相信："动漫展？晚上怎么会有动漫展？你说，你到底是去哪里了？"

"我去看的是晚间动漫展，我还留着票根，这个展览就是在晚上看的。"程子墨低头抿了抿嘴，又小声说，"因为我太喜欢动漫了，所以，我就忍不住去看了。对不起，尹老师，我知道错了。"

尹老师没有想到她班上的尖子生居然跑去看动漫展了，这让她觉得特别无厘头。她转向另一个没有参加晚自习的学生。

"李欣淼，那上周五晚上，你去哪里了？怎么也没有上晚自习？"

李欣淼低着头，不说话，她偷偷瞟了一眼程子墨。

08

“难不成，李欣淼，你也去看动漫展啦？”

尹老师本来是一句调侃的气话，没想到，李欣淼居然点了点头。

这下尹老师真是生气了：“什么？你俩一块儿去看的动漫展？你俩不上晚自习，一起去看动漫展？”

程子墨看到尹老师那么生气，知道接下来会很麻烦了。

“你俩给我说，是谁提议去的？怎么就能不上晚自习，跑去看什么动漫展？动漫展能让你们考大学吗？”

程子墨连忙说：“尹老师，是我提议的，是我让李欣淼一起去的，我买了票，所以……都是我不对，拽着李欣淼去的。”

李欣淼一直是家里的乖乖女，她也不知道为什么上周五那么大胆，冒着被老师批评的风险，跟着程子墨一起去看动漫展。但是，这是程子墨邀请的啊，她不舍得拒绝。

尹老师看着程子墨竭力袒护李欣淼，把责任往自己这边拉，心里更觉得有些不痛快。作为班主任，这些年她最担心中学生的早恋问题，担心孩子们因为早恋而成绩下滑。现在，她最得意的两个尖子生，真是在她心尖上猝不及防地来了一刀。

尹老师叹了口气：“把你们的父母找来吧。我要跟他们谈谈。”

李欣淼当时就哭了，程子墨愣了愣神，他们都没有想到，这件事情，居然被老师下了“请家长”的令牌。

走出老师的办公室，程子墨心里很纠结，他不知道打电话给谁好。打给母亲程苏吧，他知道母亲今天在学校要上一天的课，打了也没有时间过来，更何况，他不想让母亲为此烦恼；打给继父林绍海吧，林绍海今天应该没有课，但是好像很别扭；那就打给坦克叔叔吧，可是坦克叔叔如果在忙案子，打扰他肯定不行。

“唉！”程子墨在心里深深叹了口气，还是打给继父林绍海吧，虽然他心里更愿意打给坦克叔叔。

程子墨拨通了林绍海的电话。

“子墨，你不在上课吗？怎么会打电话给我？”

“大海叔叔，尹老师说，让家长……来一趟学校。”

“怎么了？出了什么事？你不舒服吗？”

“没，我没有不舒服。上周五，我没上晚自习，跑去看动漫展了，老师现在知道了，要找家长。”

“你去看动漫展，怎么没有跟我们说？你妈妈知道吗？”

“妈妈不知道，我……没跟她说。”

“你这孩子。老师是让现在过去吗？”

“是的，现在……对不起……”

“好吧，我一会儿就过去。”

林绍海挂断电话，收拾了一下东西，就赶往滨海高级中学。

说起来，滨海高级中学的校长还是林绍海的大学校友，是比林绍海高了几届的师兄，这位师兄曾经请林绍海到学校给高三毕业班的学生做过讲座，目的是开阔学生们的视界，鼓励学生们努力备战。林绍海觉得，滨海高级中学比起当年自己上的市重点中学，软硬件都强多了，子墨能在这个学校考试排名第一、第二，将来考个清华、北大也是大有希望。子墨虽然不是自己的亲生儿子，但他发自内心地很想好好去关心这个孩子。

林绍海敲了敲老师办公室的门。

尹老师一抬头看到他，站起身走到门口，请林绍海到旁边的小会议室聊。尹老师上回跟学生们一起听过林绍海的讲座，对他很是佩服。

“尹老师，子墨给您添麻烦了。”林绍海满脸歉意。

“林教授，这次两个孩子真是让我生气了。你说，现在功课那么紧张，他们居然不上晚自习，跑去看动漫展了。”尹老师说话很直接。

林绍海不解地问：“两个孩子？”

“你们家的程子墨跟班上的李欣淼，两个人一起去看动漫展了。这两个孩子，本来是班上让我最放心的，结果，他俩给班里做了一个很不好的示范。”

“子墨电话里跟我说，他去看动漫展，但是没说还有一个同学一起去。”

“林教授，恕我直言，这帮孩子马上就要高三了，现在是不能出任何差错的时候。我还有一个担心呐，一个男孩和一个女孩，一起相约去看什么动漫展，你说，如果他俩早恋了，那后果，不堪设想呐！”

“这……我还真不太清楚，应该不会吧？”林绍海感到很惊讶。

“反正你们得注意，千万要掐住苗头。这两个孩子，本来成绩都是数一数二的，真要是早恋了，那很有可能两个孩子就都毁了！太可惜了！”尹老师忍不住叹了口气。

“好的，尹老师，我们一定注意。”

尹老师稍稍想了想：“既然说到这儿了，我也就再多说一些啊，子墨这个孩子，学习成绩没得说，平时也很听话，但是有时候，总感觉他有那么一股特别的劲儿。到底是什么劲儿，我也没法说得很明白，就是一种感觉。”

林绍海被老师这么一说，内心为之一震，他没有想到老师会有这样的感受。而这个感受，其实他也有。他能看到的是，子墨确实成绩很好，很乖很听话，从来不给他们惹事。但是他心里又隐隐感觉，这孩子有那么一股让他不太能解释得了的劲儿。他不知道怎么跟程苏讲这种感受，他甚至觉得，可能因为自己是研究心理学的吧，是职业病让他对子墨多心了。

那天晚上晚饭后，程子墨去学校上晚自习，林绍海跟程苏说了白天的事情。程苏自然是特别震惊，她没有想到，平日里看起来如此乖巧的子墨，居然会逃了晚自习的课，去看动漫展，而且还是约了个女生一起去的！

程苏不由得站起身，抱着胳膊在客厅里走来走去。对于程子墨，她内心里是有愧疚感的。在孩子正开始牙牙学语时，她把他交给了父母，自己去修习函授课程。程子墨一天天长大，她一步步提升学历，直到考上研究生、博士生。工作稳定之后，她才把程子墨接到了身边，这个时候，他已经小学毕业了。好在这几年下来，程子墨一直表现得很乖顺。

“小苏，你坐下来吧，别着急，咱们好好聊聊。”林绍海打断了程苏的思绪。

“你说，是不是，我平时对他太疏忽了？唉，也不是说疏忽，是不是，我不够关心他？”程苏靠在阳台一侧的墙上，转身问林绍海。

林绍海知道，他跟程苏之间，有些事情，是不可以去触碰的；有些话，也是不能直接说出口的。关于程子墨，程苏是母亲，而他则是继父的身份。如果仅仅是这样的话，交流似乎也不是那么困难。但是，在这个家里，在他们之间，还有一些事情，一些过往，大家最好都不要回头去触碰，就这样平平静静地往前走下去。

这自然是一种理想的状态。

但是，人生哪能都按照理想状态那般尽如人意？

也许，对于一般家庭来说，出现程子墨这样逃了晚自习的课去看动漫展的事，父母可以去劈头盖脸地批评一顿，或者苦口婆心地好言相劝，极端一点的，还可以去拎个耳朵之类的，但是，对于程苏他们，好像这几招都不可以！

林绍海安慰程苏：“男孩子，偶尔出点小格，也是可以理解的。你别太着急。”

程苏摇了摇头：“逃了课去看动漫展，我觉得特别不像是子墨能做出来的事。子墨他，平日里是那么听话的，他的胆子，不可能有那么大。”

“青春期……再听话的孩子，也可能犯错。如果这个动漫展他特别喜欢，特别不想错过呢？他就有可能为此冒个险。”林绍海分析道。

“问题是，这不太符合子墨的性格啊。再说，居然还约了一个女孩子一起。”程苏对这一点特别感到意外。

“约一个女孩子，也有可能是因为两个人都喜欢动漫，所以就约着一起去了。我觉得不一定就是老师说的早恋问题。我们大人不要把问题过于严重化了。”林绍海宽慰着程苏。

程苏觉得，林绍海说得也有道理。大概，子墨平日里从来没有让他们操过心，她已经习惯了这种平静、顺利的状态了。在她的感觉里，子墨自从回到她的身边，就一直是那种男生中“好孩子”的标准版——学习成绩好，听话懂事，身体素质不错，从来不打架，每个学期还总有某个突出的学科能拿个奖回来……

所以，在这个家庭里，程子墨本身，似乎从来没有成为程苏这个母亲和林绍海这个继父之间产生矛盾的动因。但是，程苏也隐隐感觉到，她无法真正了解程子墨的内心。程子墨似乎一直都很独立，他从来就没有跟程苏诉说过烦恼、心事，也从来就没有像其他孩子一样，黏着父母要这要那。他让程苏看到的，是在学校里数一数二的考试成绩，是从各种比赛中拿回来的证书和奖杯。

程苏觉得，如果是其他孩子的父母，可能会觉得孩子偶尔一次犯个错误，批评、教育，甚至责罚一下，也就过了。但是她知道，她和子墨之间的关系，跟那些家庭不一样。她和子墨之间的沟通和交流，仿佛是有一个天然的鸿沟在那里。大家平行走着，都没有问题；如果有一方想要跨越，就不知会是什么结局了。

程苏很害怕跨越这个鸿沟，甚至往往主动忽略这个鸿沟的存在。

林绍海想到了尹老师提到的“那股劲儿”，他觉得也应该让程苏知道。

但是，程苏现在看起来很不安，还是以后再说吧。

“小苏，这样吧，等子墨晚自习回来，我先跟他聊聊，看看他怎么说。”

程苏点点头。

她看向窗外。

夜幕下的滨城，灯火通明，远处的滨海世纪大道上，汽车川流不息。即使是晚间，也依然是各种忙乱的节奏。

09

夜里 9 点半左右。

“咔嗒”一声响，程子墨打开了家里的大门，他上完晚自习回来了。

“子墨回来了？”林绍海正在客厅里看书，看到程子墨进门。

“嗯，下课了。我去把书包放下。”

程子墨换了拖鞋，走进自己的房间，他习惯性地想要顺手把门关上，刚关了一半，又把门给推回去了。

程苏从卧室里出来，走到程子墨的房间门口：“子墨，饿不饿？我给你煮点水饺？”

“哦，不用了，我吃个面包就可以了。”

“面包太干了，我给你煮碗饺子吧。”说完，程苏去厨房了。

“谢谢妈，麻烦你了！”

林绍海又一次感觉到，程子墨跟妈妈说话，总是那么客气而略带生分。他想，正好趁程苏煮水饺的时间，跟子墨聊一聊。

“子墨，你妈妈在煮饺子，我跟你聊会儿？”

程子墨料想今晚回来，会有一番谈话的，他以为是妈妈会找他谈话，但没有想到是继父林绍海。

09

“上周五晚上，我溜出去看动漫展，确实不对，尹老师也批评我了。”程子墨知道林绍海要问的是什么。

“子墨，尹老师都跟我说了。你不跟家长和老师说一声，就这样出去，万一出了什么事，我们……”

没等林绍海说完，程子墨继续认错：

“我确实做得不对，让老师，也让你们担心了。我保证，以后不随便出去了。好好上学。”

程子墨的认错态度，让林绍海一时不知如何再跟他谈下去。林绍海倒是希望，如果程子墨能跟他争辩几句，或者就算是不服老师“请家长”的要求，他也可以继续跟他聊下去。但是现在，程子墨似乎不容再追问的认错态度，不禁让林绍海感觉到了他之前隐隐觉察出的“那股劲儿”。

不管怎样，林绍海还是想问问那个女孩的事儿。

“听说，你还约了一个女同学一起去，她也喜欢动漫吗？”

“嗯，她说她也喜欢，所以我买了两张票，我们一起去了。”

“这个展览是几点开始的呀？”

“呃……这是一个晚间动漫展，从晚上 8 点开始的。到夜里，12 点结束。”

“那你们是不是去早了？”林绍海觉得这个问题问得很没水准。

“我们怕路上堵车，所以下午下了课，就去坐公交。到那里的时候比较早，我们就吃了肯德基。”

“哦，那个女孩，是你的……好朋友？”

“我们是同学。对，她也算是我的朋友，她学习成绩很好。”

“其实，老师呢，有点担心你们……男孩和女孩单独出去，老师是怕……”

“怕我们早恋，是不是？”

程子墨的直接，让林绍海很意外。他发现自己说话躲躲藏藏，不愿意直白说出来的“早恋”这两个字，程子墨竟然脱口而出。

“啊……是的，老师是关心你们，也是担心你们。她觉得你们两个孩子，学习成绩都那么好，都是班级里的尖子生，将来有冲击清华和北大的希望。如果分心了，怕影响了你们的前途。”

“我们都知道自己在做什么，也很清楚自己需要什么。我和李欣淼是同学，也是朋友。我，李欣淼，还有刘丹丹、王一帆，我们都是班里学习成绩拔尖的。除了学习，我们也都有各自的爱好。”程子墨说出这段话的时候，跟连珠炮似的，清楚地表达了自己的态度，而且好像还无懈可击，这倒让林绍海有些刮目相看。

在林绍海的印象里，程子墨似乎从来都是一副很顺从的样子，无论行为还是言语，都是一副“好，你说了算”的状态。但是，刚刚那番快速而坚定的表达，让林绍海觉得，这样的程子墨跟之前的程子墨判若两人。而奇怪的是，他似乎更喜欢这样的程子墨。

“无论怎样，不影响学习就好。大海叔叔也希望你能顺顺利利地考上大学，考上一个好的学校。你妈妈也是这样想的。”

“我明白了，我会努力的。”

程子墨觉得，今天跟林绍海的对话，出乎自己之前的设想。他以为今天一回来，妈妈肯定会责怪他，继父也会严厉地说上两句。

然而，都没有。

妈妈只是关心他饿不饿，要不要吃水饺；而继父，则如一个大朋友般客气地跟他聊了聊，而且聊得还算挺融洽。

程子墨的心里，感觉一阵轻松，却莫名也有些烦躁。

这件事情如果发生在其他家庭，或许会火药味很浓吧。

“子墨，水饺好了，快来吃吧。饺子汤也给你盛好了。”程苏在厨房里喊。

“好的，我就来。”

程子墨的声音里，有一点点颤抖。这点颤抖，可能只有他自己感觉到。

林绍海看着程子墨出去的背影，内心里不由得产生了一丝愧疚。他觉得，当年当他决定要娶程苏的时候，他相信自己应该是一个好继父。但是由于各种各样的顾忌，让他和程子墨之间的沟通少之又少，如果不是这次程子墨出了逃课看动漫展的事，可能他们之间每次的对话，都不会超过四五句。

程子墨的房间很干净，靠床一侧的墙上，贴了好几张奖状；

书柜最上头，摆着几个证书和两个奖杯。程子墨从初中开始，数学和物理成绩一直遥遥领先，参加过几次全国物理比赛，每次都名列前茅；他也很喜欢摆弄电脑，假期里上过几期计算机编程培训班。程子墨理科很强，文科也不弱，他的阅读范围广泛，写作水平也非常高，作文还经常被语文老师当作范文，在班级里朗读。

总之，就像当年陆坦看程苏样样都好一样，程子墨给人的感觉，也似乎是样样都好。程子墨继承了妈妈的优点，双眼皮、大眼睛，接近一米八的瘦高个儿，外表非常青春帅气。白色T恤，配上黑色运动裤或蓝色牛仔裤，程子墨给人的感觉，就是干净、简洁。

程子墨喜欢的运动，跟那些想要吸引女孩子眼球的男生不一样。程子墨不爱打篮球，他喜欢跑步，喜欢一个人安安静静地在操场上跑很多圈。说是一个人，其实，他的身后，经常被一群“迷妹”们偷偷跟着。只是，他从来就当作没看见一样。

程苏看着埋头吃水饺的程子墨。她似乎猛然间发现，对面的程子墨已经长成一个英俊的大小伙了。子墨的面容，有七分神似程苏；而有三分，则是程苏不愿意去面对的。可能，正是因为这三分，让程苏刻意忽略了孩子成长的很多细节。程苏无法回避自己的内心，所以也就无法像其他母亲一样，宠爱自己的孩子。

可是，说到底，子墨没有错啊！这个12岁才回到自己身边的孩子，一直以来，没有给他们制造过任何麻烦，从来都是乖巧听话的，学习成绩不用操心。当有同事抱怨男孩子顽皮捣蛋的时候，她甚至惊讶于为什么别人家的男孩子那么不省心！

此刻，坐在子墨的对面，看着子墨吃着水饺的样子，程苏突然觉得，自己对于子墨，好像亏欠了许多许多，甚至这一碗晚自习之后的水饺，也是迟了太久太久……

看着子墨嘴角边的醋汁，程苏忍不住抽出一张纸巾帮他擦了擦。

程子墨很吃惊，他接过了纸巾。

今天真的很奇怪！程子墨觉得，今天的一切，都跟以往不一样。

如果是往常，程子墨说吃个面包，妈妈会递给他一杯牛奶；但今天，妈妈却说，面包太干，给他煮水饺。昨天自己不小心打碎了一个杯子，继父很严肃地说，男孩子做事情，不能毛毛躁躁的；但今天，自己好像犯了一个很大的错误，继父却像朋友之间聊天那样跟他温和地谈话。

程子墨觉得，今天的自己，就好像是在梦里一样，有种不真实感。他在想，如果按照他的同桌邱宇豪的说法，遇到老师请家长的情况，他今天回来一定是要被痛批一顿的啊！为什么妈妈和继父都没有狠狠批评呢？是不是其他家庭的孩子希望父母和孩子之间，就是这样的一种方式？

“对不起，妈，我……以后会好好上学的，不会随便再跑出去的。老师今天也批评我了，我也意识到错误了。”程子墨觉得，他需要跟妈妈表个决心。

“我知道了。这件事情，你大海叔叔跟我说了。以后，就别这样跑出去了，我们会担心的。你很喜欢那个动漫展吗？”

程子墨点点头。

“喜欢归喜欢，别耽误了学习。明年就是高考了，老师对你们几个学习好的孩子非常用心，特别希望你们能考出好成绩的。”

“嗯，我会好好学习的，放心吧。”

程子墨吃完水饺，洗漱过后，回自己的房间睡觉了。

林绍海和程苏进了卧室。程苏坐在床上，用枕头做靠枕垫在背后，林绍海在床边的沙发椅上坐下。

“绍海，我今天突然觉得，子墨在不经意间长大了，而我之前居然没有好好地发现这一点。你说，我是不是一个很不称职的母亲？”

“小苏，孩子总会长大的，你不要多想。”林绍海安慰道。

“这些年，孩子一直很乖，学习很好，从来没有发生过什么让我们棘手处理的事情。可你说，孩子就是孩子，他总该有调皮、捣蛋、犯错误的时候，是不是子墨一直让我们太省心了？”

林绍海想了想说：“子墨……确实，这些年，一直没有让我们操过心。作为孩子来讲，他真是做得够好的了。”

“所以，我刚也一直在反思，可能我们……或者说是我，对他太不用心，或是说太严苛？太放心？……总之，我也说不清到底是哪里做得不好？也许，哪里做得都不好。”程苏一时捋不清楚心里的各种疑问。

林绍海站起来，走到程苏的床边坐下：“你也不要想得太多了。这些年，子墨的乖巧确实让我们太省心了！但省心的结果是，我们有些忽略了他的成长，忽略了在他成长过程中的沟通交流。这件事情发生了，也好，我们正好可以借此多跟孩子沟通交流。”

程苏若有所思地听着，想了许久。

“你说得也有道理……对了，你问过子墨那位女同学的事了吗？”程苏想起，跟子墨去看动漫展的，还有一个女生。

林绍海说：“我问了。子墨的态度，让我挺意外的。他没有回避‘早恋问题’，但他没有承认也没有否认，他说他们两个都是班里的尖子生，都很清楚自己需要什么，在做什么。他的态度很明确，所以我也不好再多说。”

这个时候，林绍海觉得要把老师说的“那股劲儿”的事情，告诉程苏。

“小苏，今天子墨的尹老师跟我聊了很多，她提到了一个看法，她说子墨确实学习成绩没得说，平时表现也不错，但是有时候，总感觉这孩子有那么一股劲儿。到底是什么劲儿，老师也没法说得很明白，就是一种感觉。”

“一股劲儿？”程苏听了，心不由得被震颤了一下。

她记得，子墨生活在她父母那里的时候，她因为忙于学习和工作，每次都是匆匆回去跟家里见一面。有过几回，她的父亲就是这样说子墨的，“这孩子，总有那么一股劲儿”，她当时并没有太在意。然而，这会儿听林绍海这么一说，她突然觉得，原来自己真的一直忽略着子墨的成长和变化。

10

周三傍晚时分。

程苏接到了陆坦的电话。

“苏小妹，那天在你家说到的那个在省美术馆的展览，你看过了吗？”

“哦，你说的是那个八大山人的展览吧，还没有看呢，准备明天去。”程苏刚下班回到家，她一边开门一边对陆坦说。

“明天你没课吗？那太好了，你什么时候过去？我跟你一块儿去吧。”陆坦高兴地说。

“明天上午 9 点半到省美术馆，怎么你也感兴趣？”

“对于这个名字奇怪的人，我只是看到了书上印的作品图片，还没有见到过他的真迹。所以一直很好奇，就想看看他真正画的东西长什么样，怎么就那么值钱！”

程苏笑了：“跟你说过了，八大山人是他的号，他的名字叫朱耷。你要是感兴趣，那明天你可以一起来。正好云非约了我，我们可以一起见见美术馆的馆长，他是云非的好朋友。”

“嘿，又是那个云非。你说，他一个上市公司的老总，怎么那么有闲地看各种展览，还非要约着你一起看。我看呐，他是存心不良！”陆坦故意逗程苏。

程苏果然有些不高兴了：“陆坦！有你这样说话的吗？云非真的是喜欢收藏，古代书画家里面，他喜欢八大山人的画，收藏了不少。”

“唉，有共同的爱好，真好！我就没那么幸运了，一跟你聊天，你就跟我急。”陆坦叹了口气。

程苏说道：“那谁让你说话总是那么不中听的？还嫌我跟你急呢，真是没道理。”

陆坦怕程苏真急了，赶紧说：“哎呀，好像生气了哈？行了行了，算我跟你闹着玩啊，那明天，咱们美术馆见？”

程苏没好气地说：“真是没法跟你一般见识。明天你想去就去吧，到了给我打电话。”

“好咧，苏小妹，不生气哈！”

挂了电话，陆坦觉得程苏挺有意思的，他知道自己经常惹得程苏着急，但程苏到底也不会真正跟他生气。多年的同学、朋友加上那么个远得不能再远的亲戚关系，使得他们之间的感情，要比一般的朋友关系更进一层，或者比一层还要多许多。

第二天早上。

陆坦刚刚把车停在美术馆左侧的停车场，程苏也到了。他们看到，云非的车已经停在那里了。当他俩走进美术馆的时候，发现云非正在入口处不远的地方等程苏。

陆坦一眼就看到了站在那里的云非。

陆坦调侃道："非总，你在等我们吗？"

云非看到陆坦也来了，冲他微微一笑。他知道陆坦和程苏的关系，而且也习惯了陆坦的坦率和直接，所以虽然陆坦一见云非，总要跟他贫上几句，但云非一直觉得陆坦的为人不错。

云非对陆坦笑了笑说："我在等程教授，不过，你来了也好，我们可以当你的老师，今天，你有什么问题，就尽管问吧。"

"苏小妹是教授，我喊她老师，理所应当。不过非总你嘛，应该跟我是一样的，都是来学习的。"陆坦哪能愿意让云非当他的"老师"。

云非故意说道："教你这样的学生，我还是绰绰有余的。"

"你……叫你老师也没啥，非老师——非老师就是不是老师嘛。"陆坦觉得自己的这个回答很机智。

尽管，陆坦还想卖弄小聪明，但程苏已经看不下去了，她走上前对云非说："云非，咱们不是来看展览的吗？在几号厅？咱们走吧。"

云非笑着，与程苏往电梯口走去，陆坦一看这架势，明显就是不搭理他嘛。这可让他很难堪，赶紧追上几步："开个玩笑嘛，苏小妹，你总是这样怠慢我，太让我伤心了。"

程苏心里觉得很好笑，陆坦总喜欢玩的这几出，她都有对付的招数。尽管如此，陆坦好像每次都玩得乐此不疲。

美术馆整个二层，展出的都是八大山人的画作。陆坦粗略扫了一眼，发现这些画都是水墨的，没有一点带彩。他看过程苏画画，程苏也喜欢纯粹的水墨画，但偶尔也有带彩的，比如程苏送给他的一幅《梅花》，就是红梅与白梅的相互点缀，那还是程苏高中时候的作品。

陆坦问程苏："苏小妹，这个八大山人，他的作品，怎么看起来很萧条的感觉？而且，他难道那么吝啬墨汁吗？你看，这幅画上，只有一只鸟，一根树枝，那么简单？"

"一个国破家亡的人，他的内心，悲愤、忧郁和孤寂，是我们难以想象的，更何况，他还是皇族的后裔。明朝灭亡之后，八大山人为了躲避追杀，隐姓埋名，遁入佛门。只有这样，他才能保全自己。所以，他的作品里，充满了这种悲凉的气息。"程苏对陆坦说。

云非补充道："八大自作诗里有一句'墨点无多泪点多'，可以解释他的很多作品，画面为什么那么简单。"

程苏点了点头："是的，所以你看他画这只鸟，寥寥几笔画出鸟儿蜷缩的身体，而它的眼睛，却是直直地白眼向人，那种孤傲，那种神韵，是后人模仿不了的。"

陆坦仔细地看着程苏和云非谈论的这幅画，确实，这个八大挺有本事，就那么几点墨，就那么几道笔，还真让看画的人感觉到一种悲凉的心境，了不起。

"两位老师，画面我算是看懂了，不过右上角那几个字，写的什么呀？我一个都没看懂。"陆坦不解地问道。

10

云非指着那几个字说："那是八大落的款，就是他的签名。这几个字，就是'八大山人'。"

程苏说："还记得上次我跟你说的，八大原名朱耷，八大山人是他的号，这个号是他还俗以后取的。他在画上署名时，经常把'八大'和'山人'竖着连写，前面两个字连在一起，有时写得像个'哭'字，有时则像个'笑'字；而后面两个字连在一起，类似一个'之'字。所以，这个落款，意味着'哭之笑之'，更是'哭笑不得'之意。"

陆坦又仔细看了看："乖乖，这个人还真是特别。不过，你们这么一说，我好像能看出点儿哭笑的意思来了。"

程苏赞叹道："不错啊，陆坦，你接受起来还挺快。"

陆坦笑着说："有两位老师带着，必须进步啊！"

三人一边看着，一边聊着。

这时他们走到一幅山水画前。比起之前看到的作品，陆坦觉得，这一幅的笔墨，总算是没有太吝啬，画面饱满多了。

程苏停住了脚步："云非，你是很喜欢八大的水墨写意山水的，这幅怎么样？"

"这幅好啊！这是典型的米家山水的墨法，而山石树木的组合，又是借鉴了倪瓒的布局。"云非拿出了袖珍放大镜，观察着画面的各个细节。

程苏说："我记得类似这样的作品，你也收藏了一幅的。"

云非点了点头："是啊，那还是你帮着一起掌眼的呢。那件作品，有几个人在场上跟我争抢了几十轮，我差点就要放弃了。还好你让我再坚持举了两下，顺利拿下了。”

“不过，那次价格出得不低，遇上对手了。”程苏想起了那次在拍卖场上的激烈争夺。

“但是，好作品不怕价格高。这两年下来，已经增值了不少了。最主要的是，这是我喜欢的作品，我不会卖的。”云非很笃定地说。

陆坦忍不住问云非：“你出了多少银子买的那件作品？”

“2800 多万，当时是从 800 万开始争起来的。”

陆坦感慨道：“好吧，看来，我能有机会来看看这些画，已经很知足了。有生之年，肯定是没可能买这样一张画挂在家里的了。”

“买了这样的画，也不舍得挂起来啊，每每打开一次，也是很小心翼翼的。”程苏说，“我一直觉得，云非生意做得那么大，能有这样的收藏爱好，真是很难得。”

“我也是有幸认识了你，所以增加了对艺术品的爱好。当时，你喜欢八大，我喜欢当代艺术。但是看着看着，八大的画就真看进心里去了。比起当代艺术，他这颗孤寂的心，更能震撼人心。”云非说道。

程苏由衷地佩服云非：“这是两种不同的艺术，给人的是不同的艺术体验。你厉害啊，穿行在古代艺术与当代艺术间，修炼的可是两种艺术学养。”

10

陆坦一边听着程苏与云非的对话，一边仔仔细细端详着这幅山水作品。

“这是个什么图案呀？不会也是他的名字吧？”陆坦对着画面左下角的一枚印章，看了好半天。

程苏看了看，对陆坦说：“这是八大的一枚印章，不过这枚章确实不太好认。你看它看起来有点像鹤形，又有点像龟形，其实这是四个字‘三月十九’的变形。”

“三月十九？这是什么重要的日子吗？”陆坦疑惑地问。

程苏解释道：“这是明朝灭亡的日子，就是崇祯皇帝自杀的日子，甲申三月十九，是1644年农历三月十九日。八大用这样一枚印章，其实是在寄托自己怀念故国的感情。”

陆坦不由得感叹道：“原来画家作画，署名字和用印章，都有那么多讲究啊！看来，今天我还真是上了一课，很有收获！”

这时，云非问程苏：“程教授，我一直没有好好问过你，你为什么那么喜欢八大？”

程苏笑了笑，没有立刻回答，她慢慢走到一幅荷花作品前。

这是一件尺幅不大的作品，自右下起，三枝叶柄挺立而上：其中一枝，在自下而上三分之一处向左侧倾斜，顶端处用浓墨绘出折边的荷叶；一枝挺立的叶柄顶端，则用淡墨绘出铺陈的荷叶；另一枝，准确地说，应该是花柄，其顶端为荷花的花苞，处于画面的至高处；一朵荷花则从画面右方斜伸而入，仿佛在荷叶间随风摇曳。画面左下方，与倾斜的荷叶相呼应的，是一只立于水石上的鸭子，正抬头静静地看着那片折边的荷叶。

陆坦看到程苏似乎陷入了沉思，就有意去打破：“苏小妹，这个八大真是好有兴致啊，在这张画上盖了那么多的章。”

程苏摇了摇头说：“除了上面这两方是八大山人的印章以外，其他的都是收藏印。就是收藏过这件作品的人，在上面盖了自己的收藏章。”

云非对陆坦说：“这是一件作品传承有序的标志。不过，收藏印也有造假的，所以古代艺术品的鉴定，需要做更多的考证工作。但是，这个过程，其实是很有意思的。”

“我喜欢八大的画，可能是被他的冷逸之风所吸引，也可能是被他的悲凉境遇所震撼，更可能是被他的笔墨韵味所感动。就像这幅荷花，你总能从其中读出很多的故事来。”程苏自顾自地说着，又似乎是在回答云非的问题。

云非没有接话，只是轻轻点了点头。

陆坦虽然一开始听得云里雾里，但是转而也好像明白了程苏的言外之意。作为从小跟程苏一起长大的他，虽然在程苏最艰难的几年时光里，没有机会能够陪伴，但是，他毕竟是了解她的，他更希望现在的她，能够平静而快乐。为此，他仍愿意充当当年那个常常逗得程苏开心的坦克，只要她开心就好。

气氛一时有一些凝重。

陆坦转移话题：“我看了奥克逊拍卖公司的图录，丢失的作品也是画的荷花，跟这件作品的构图虽然不太一样，但感觉是一致的。大小是不是也差不多？”

“奥克逊拍卖公司的那件荷花作品，比这件多了一些内容，构图上也有所不同。我记得上面还画有一个莲蓬，底下水里还有两条白眼向人的游鱼，很精彩。尺幅上，要比这件还大一些。”云非虽然没有看到原作，但对拍卖公司图录上的信息掌握地很具体。

“今天跟你们看了这么一圈，我真是学到了不少。虽然，对于这些书画动辄几千万的价格，实在不是很能理解；不过，看看展览，受一下你们的熏陶，还是很有意义的。苏小妹，以后有好的展览，你也得约上我啊！”陆坦特意对程苏说。

“好啊，只要你真的感兴趣，我可以带上你这个徒弟。”程苏答应道。

“这可是你说的啊，下次不能只知道约非总，还得叫上我。你看，叫上我，显得你们多有文化啊！”

程苏和云非，都被陆坦给逗乐了。

11

下午，陆坦回到局里。

晓雯、阿成、沙弥和大白正要跟他汇报工作。这两天，沙弥和大白也去拍卖现场转了半天，又去酒店监控室进一步了解情况，有了一些新的发现。

“周日早上，我和晓雯去了奥克逊拍卖公司的拍卖现场。现场去了很多人，把整个场子都快坐满了。有一些人带着现金去办理买东西的牌子，那一个牌子，要交50万呐！还真有那么多人去买那个牌子。真把我跟晓雯看傻了，”阿成挠着头皮，无奈地摇摇头，“不过，据说50万是押金，买不到东西是可以退的。”

晓雯接着说道：“所以说，我们要是没有50万来办理这个牌子，连买东西的资格都是没有的。好在进场转悠不用花钱，要不然，我俩真是糗大了。”

有了云非2800多万买了一张画的心理准备，陆坦听到这个50万的时候，没有很惊讶，他安慰那两位受了刺激的同事：“没事，没人让你们拿50万来办个牌子，咱干好咱的活儿就行。再大的数目，在咱们看来，也就是个数字，顶多就是多几个零呗！”

11

“我是没有经历过这种场面，他们那些人，举一下牌子，拍卖师就加报一个数字，过了百万的时候，只要举一下，就加价一二十万呐！还有，有一件东西，拍卖师喊‘20万，20万有没有人应价’，结果一姐们，直接喊50万；场内另一个人又直接喊80万，然后你来我往的，把这件东西一下子举到了300多万。我和晓雯都看呆了，不知道他俩在玩什么呢！好像喊的不是钱，而只是个数字。”阿成还沉浸在那个争抢的场景里。

“这个我倒是知道，据说，有些东西定价很低，但正常来讲，卖出去一定不是这个价。所以，真心想买的人，就索性喊出一个较高的价格，让场上其他想买的人，被他这种跳价方式弄懵。如果够运气的话，没等那些人反应过来继续加价，拍卖师就有可能把那件东西落槌给跳价的那个人了。不过，你刚才说的这个情况，说明现场另外想买的人没有被弄懵，他也采取同样的跳价方式。所以他俩比拼的，还是谁撑到最后，谁愿意出更高的价。”陆坦解释得头头是道。

“哇！陆队，你咋了解地那么清楚的？我猜猜，嗯，一定是你那个苏小妹教你的吧！”一旁的沙弥笑嘻嘻地看着陆坦。

“那是！苏小妹可是美院的教授，是个专家！”陆坦骄傲地说道。陆坦的同事们都知道，他们的陆队有一个常常挂在嘴边的同学加朋友——程苏，苏小妹。

“你俩说了那么多无关紧要的，赶紧说说正事，有什么发现？”

“我和阿成在现场转悠了半天，听到不少人在谈论那件被盗作品的事，但也都仅限于要么遗憾被撤拍，要么对价格高低进行猜测，还有些人在那里怀疑作品的真假等等，但没有发现可疑的人和事。”

“我们在现场观察了很长时间，确实没有发现什么可疑情况，”大白一边打开电脑一边说，“拍卖结束后，我们跟公司几位高层了解情况，奥克逊这几年的法律纠纷案件没有几起，而且都已经妥善解决了。跟公司曾经有过矛盾的人倒是有几个，经过问询和调查，都没有作案时间，被排除了。”

“还有，我们了解到，奥克逊拍卖公司在20多天前，在案发酒店举办过一个春拍精品展，这件被盗作品是当时精品展的焦点。据说，有很多客人都慕名而来，先期观赏过了。这群人里面，就有几个有意向的买家。”大白在电脑里把精品展的图片打开，陆坦看到了那件挂在展厅中心位置的作品。奥克逊拍卖公司为了做宣传，拍了不少参观精品展的客人观看这幅作品的场景。陆坦一张张翻看着，发现有几张照片拍的是程苏，和程苏一起欣赏画的，是程苏的儿子程子墨。

有了上午在省美术馆上的那一“课”，陆坦对这个八大山人的作品已经有了直观的感受，现在看到图片中各个角度的那件荷花作品，他觉得这个画家确实画得很不错，水墨味道很特别，怪不得苏小妹会喜欢，这个明朝皇帝的后人确实了不起！

“拍卖公司那里，也就这样了。酒店监控室里，还有什么发现？”陆坦觉得，突破口，应该还是在监控那里。

沙弥回答道：“网安的检查结果是，监控室的远程控制端口，不知什么时候，被打开了，但也可能一直存在疏漏，还需要跟设备的供应商再了解一下。”

陆坦听到这，心里觉得，问题很有可能就是出在这里了。但是，究竟是谁把远程控制端口打开的？或者是谁利用了这个打开的远程端口？这是关键点所在。

“我们又去找了酒店的经理，重新去勘查监控室，询问了监控室的其他值班人员，”沙弥描述了他和大白在这次询问中了解到的情况，“监控室的工作是两班倒，一班是从早上 7 点到晚上 7 点，另一班是从晚上 7 点到第二天早上 7 点。这个岗位，一共是三名员工，当天晚上当班的邱宝力，我们之前已经调查过了，排除嫌疑。另两名员工，也没有作案时间，被排除。”

“那，远程端口是怎么回事？”陆坦问。

“就是这件事情很蹊跷，说来，这几个值班人员毕竟不是专业的技术人员，他们只负责盯着监控，都不知道远程监控的事，更不懂远程监控的端口如何打开。说白了，他们连什么是远程监控都没听说过。”大白无奈地说。

“对于监控室，酒店是如何管理的？是只有值班人员才可以进，还是酒店的工作人员都可以进？”陆坦问大白。

“这一点，我们也向酒店经理了解过了。一般情况下，只有值班人员才可以进监控室，但是，之前酒店对这块管理不严，所以，偶尔也有其他人出入监控室。”

“之前我们询问过的那位值班人员邱宝力，他就曾经因为这事被经理批评过。”沙弥补充道，“经理告诉我们，从一个月前开始，酒店为了迎接检查，加强了各个岗位的管理，监控室只能是值班人员进出，酒店经理负责监督。但就在上上个周日的早上，邱宝力接班时，发现自己忘记带工作证了，他就让他的儿子邱宇豪来给他送一下。邱宇豪到了酒店，进了监控室待了半个多小时后走的。然而，到了下午，他儿子又来酒店了，还带着一个同学一起来的，在酒店监控室待了一个多小时后才走。这件事情被酒店经理发现了，他很严厉地批评了邱宝力，要求他以后严格执行酒店的规章制度，不允许随便带人进出监控值班室。”

“那酒店有没有发现监控有什么异常？比如监控设备坏了，或者数据丢失了？”陆坦问。

“酒店经理后来查了监控的视频输出，发现没有任何问题，各个监控端口也都在正常运行。所以，就没太当回事。”大白回答。

“邱宇豪？这个孩子多大了？在哪里上学？”陆坦皱着眉头。

“这孩子 17 岁，在滨海高级中学上高二。邱宝力看到我们警察两次来问询他，而且在这次还问出了他儿子曾经到过监控室，所以他非常紧张，就把邱宇豪为什么下午又来酒店的原因全部告诉我们了。”大白翻着记录本说。

“邱宝力怎么说？”

11

“邱宇豪给他送完工作证后，就在监控室里坐了一会儿。孩子看到面前的电脑和鼠标，就忍不住动手‘啪啪啪’地点开页面。结果，也不知道点到哪个页面了，一下子跳出了一个警告，然后就黑屏了。邱宝力赶紧重启了电脑，但却发现之前录存的监控视频文件，显示不了了。他当时很着急，差点动手要揍他儿子。”

沙弥接着大白的话继续说：“邱宇豪有一个同桌叫程子墨，电脑玩得很溜。邱宇豪就跟他父亲说，下午他会找个同学来修一修，说他同学技术特别好。邱宝力也是害怕酒店经理会怪罪他啊，所以就让他儿子赶紧把他的同学给找来。”

“程子墨？你们说的是滨海高级中学，高二的那个程子墨？”陆坦感到很吃惊。

“是的，这个程子墨跟邱宇豪是同桌，刚好那天是周日，学校放假，所以邱宇豪把他给求来了。那天下午三点多，程子墨跟邱宇豪来到监控室，鼓捣了一个多小时，终于把文件都恢复了，之前显示不了的视频文件，也都能正常显示了。”沙弥的语气里，还挺佩服这个程子墨的。

“陆队，你认识这个程子墨？”大白看着陆坦吃惊的表情，不解地问道，“我们要不要去调查调查？”

“他们都还是学生，是未成年人，调查时候，一定要注意方式。程子墨那里，我去了解了解。”然后，陆坦继续问，“酒店的监控视频是如何保存的？”

“酒店的监控视频存储周期是一个月，新数据自动覆盖旧数据。”沙弥回答。

“被擦掉的监控视频，就是案发当晚以及之前存储的一个月的所有内容？”陆坦问沙弥。

“是的，作案人把这一个月的视频监控数据全部都删掉了，网安的技术人员正在作数据恢复，但到目前为止一直没有成功。”

“酒店周围治安监控摄像头特别多，辖区派出所提供了数据之后，我们把所有视频录像都快速过了一遍，暂时还没有什么发现。”大白补充道。

陆坦听完他俩的汇报，沉思了良久。

12

陆坦听到沙弥说到“程子墨”的名字时，心里很震惊。虽然他不愿意相信程子墨会与这个案件有什么牵连，但侦查人员的直觉又让他不得不重视这一线索，他最不希望的就是程子墨因为帮同学一个忙，而被扯到案子里来。

因为程苏的缘故，陆坦爱屋及乌，一直很喜欢子墨这个孩子。程子墨从 12 岁开始回到程苏的身边，陆坦就发现，这个孩子与程苏有着不小的心理距离。程子墨很乖巧，但乖巧之余，又有着自己小心翼翼藏着的心思；程子墨学习成绩很好，除成绩好之外，为人处事又都非常谨慎。陆坦觉得，作为一个男孩子，程子墨不够阳光，不够开朗，不够朝气蓬勃。

匆匆过去的这些年，在陆坦这里，所有的友情和爱情，最后都已经化为一种最为持久的亲情——陆坦已经把程苏看作自己的亲人。无论过往如何，程苏是他从少年时代开始追逐的一个梦，是他生命中特别重要的一个人。他希望，历经沧桑后的她，能够在现在的生活里过得轻松、快乐一些。

陆坦觉得，自己对程子墨也有一份教养的责任，程子墨不是别人，他是程苏的儿子，而程苏，则是他认定了的亲人。所以，一到周末，如果不用加班，他就会约上程子墨一起去跑步、爬山、打篮球。陆坦会给程子墨讲很多破案的故事，而程子墨恰好对陆坦讲的这些特别感兴趣。陆坦给他讲那些历史上有名的侦破故事，讲罪犯如何掩盖作案现场，而聪明的侦查员又如何一点一点找到线索，破获案件，擒获罪犯。陆坦曾经给程子墨买了一套《福尔摩斯探案全集》，程子墨非常喜欢，来来回回看了不下十遍，对福尔摩斯的案件分析和推理特别着迷。

程子墨在陆坦的带动下，喜欢跑步和爬山这两项运动。每次大汗淋漓的运动过后，他觉得自己的心就似乎被打开一些，而这个坦克叔叔，也让他隐隐觉得，可能，父亲就应该是这个样子的。有的时候，程子墨会跟陆坦讲学校里的事情，讲与同学们之间发生的事情，甚至偶尔会讲讲家里发生的事情。而这些，他在家里几乎是从来不跟程苏和林绍海说的。陆坦听了程子墨讲的事情，也会很负责地给他分析，帮他排解烦恼。

所以，这样的陆坦，这样的“坦克叔叔”，程子墨怎能不喜欢呢?

于是难免，林绍海在心里挺妒忌陆坦的，程子墨跟陆坦对话，经常还能互相贫个嘴，打个趣；但自己跟程子墨，却是另一番模式，各自都一本正经，小心翼翼！但林绍海也知道自己没法改变，变成那个能跟程子墨一起疯玩、一起打闹的人。这么多年的学习和工作经历，已经让他成了一个极度理性的人。

现在，既然“程子墨”的名字出现在了案件的调查过程中，陆坦正好借此约一下程苏，有些事情他一直也想跟她聊聊。

陆坦拨通了程苏的电话:“苏小妹，周六有空吗？请你吃个饭呗。”

程苏正在开车:“这周六？绍海要出差……那也好，我就省得做饭了。约哪里？”

“我听同事说，开发区世纪大桥南岸，那片步行街里，新开了一家粤菜馆，名叫‘粤味道’，口味很不错。咱们就周六中午11点半吧，我一会儿订个位。”

“好的，那周六见吧。我在开车，就不跟你多说了。”

与程苏通完话，陆坦给“粤味道”打了电话，订了个靠窗的座。

周六这天，阳光很好，气温不算高，二十五六度，正是很适宜出门走走的天气。陆坦和程苏在“粤味道”二楼临街的窗口坐下，新开张的餐厅虽然还有一点点残留的装修味道，但是环境布置得很舒适，绿植也点缀得恰到好处。

“苏小妹，改天我们来这里吃早茶吧，你看这些茶点，太诱人了。”陆坦翻看着菜单，他喜欢吃各种各样的茶点。

“先生，我们现在还有早茶茶点可以点，12点以后就没有了。”服务员解释说。

“那不错，苏小妹，我点上你爱吃的茶点吧，我也很喜欢吃的。尤其是蒸凤爪。”程苏的口味与陆坦差不多。

“服务员，蒸凤爪，来两份；鲜虾蔬菜饺、肠粉、叉烧包、蒸排骨各来一份。苏小妹，你看看菜单，再点一些菜。”

程苏翻了翻菜单，又点了两个菜。

不一会儿，菜陆续端上来了，看着这一桌美食，陆坦忍不住要了两瓶啤酒。

程苏问陆坦：“今天你没开车吧？”

陆坦倒上一杯，惬意地呷了一口：“开车我哪敢喝啊！你看你，也不能陪我喝上一杯，下次你可以打车来嘛。”

“我又不喜欢喝酒，你就痛快地喝吧。吃完饭，我当你司机，把你送回去就行了。”程苏喝了一口橙汁。

“最近几个案子比较忙，所以有一段时间没约着子墨一起去跑步、爬山了。这孩子，需要多出去运动运动。”陆坦给程苏盛了一碗汤。

“我和绍海都比较忙，子墨这几周周日，基本都在家里休息。”

“这我就要说你们了，忙归忙嘛，也要带孩子出去活动活动。你们楼下不就有篮球场吗？可以让他去打打篮球啊。”

“你没约他，他就没有动力。”程苏觉得，只有陆坦才能调动程子墨的运动神经。

“好吧，那看来又是我失职了，我自罚一杯。”陆坦很痛快地干了一杯啤酒。

程苏觉得，陆坦总能给自己喝酒找到很好的理由。

“不过，子墨这孩子，还是太乖了，不够淘、不够皮、不够活泼，你们也不要把他管得太严，毕竟是个男孩子嘛！做点错事，闯点祸，也是很正常的。你们不要总把他当大人看，他终究还是个孩子。”陆坦说得很直接。

“我也一直觉得子墨很乖，很让我们省心。不过，你知道吗？前几天，绍海被他们班主任叫到学校去了。”

“嚯，子墨也能做出让老师请家长的事？真让我刮目相看。他做什么了？说给我听听！”

“老师说，上周五晚自习，子墨没有去上课，偷偷溜出去看动漫展了。据说，还是跟一个女生一起去的。”程苏说着，放下了筷子。

“是吗？哈哈，这个臭小子，有点意思，还约了个女生呐。不错不错。”陆坦觉得，这样的程子墨，反而挺可爱的。

“你居然还说‘不错不错’，他们老师可是气坏了，把绍海叫了去，说了一通。老师特别担心孩子们的早恋问题会影响学习，说这两个孩子都是班里的尖子生，是要冲击清华、北大的。”程苏叹了口气。

“你和大海回去后没有狠狠批评子墨吧？”陆坦猜测。

“还真没有。说实话，绍海回来跟我一说这个事情，我都有点慌，不知道该怎么处理了。”

“因为子墨一直很乖，没有让你们遇到过这样的事情。”陆坦看着程苏。

“是啊，他一向是让我们很省心的，从来也没有出现过老师找家长的事情。所以，我和绍海一开始，还真不知道怎么跟他说。”

“然后呢？你们怎么跟他说的？”

“绍海跟他在房间里聊了一会儿，他自己也知道逃课去看动漫展不对，也认错了。至于约女生的事，他说他俩都很喜欢动漫，有同样的爱好，他保证不会影响两个人的学习的。”

“他俩，真谈恋爱啦？”

“不知道，子墨没有明确说，我们也不好追着问。唉，但愿，这样的事情以后不要再发生吧。”

“你也没有批评他吗？”陆坦继续问。

“我是提醒他，要好好学习，以后不要随便跑出去了，家里会担心的。我还真是不知道如何去严厉地批评他，好像比较重的话，说不出来。”程苏摇了摇头，看了一眼窗外。

“每个孩子都有自己的喜好，有的时候，为了自己的喜好可能会去冒个险，这种事情，我在上学的时候常干，所以，你们就别太担心了。不过，有时间的话，建议你们可以跟孩子多聊聊。我约子墨出去运动，其实，也是在找机会多跟他聊天。”陆坦很认真地说。

“我承认，这些年，我是有些疏忽跟孩子的沟通了。”

“你呢，太较真；大海呢，又太死板，所以子墨也是没有办法啊，好歹，他还有我这个坦克叔叔。你看，我有多么重要。”陆坦很自豪地在程苏面前邀功。

“这还真是，孩子跟你的感情，好像比跟我们还要好，绍海还挺妒忌你的呢！”

“大海就是太一本正经，跟孩子是要一起疯玩、一起打闹的，这样才能跟他做朋友。你这一本正经的，孩子怎么跟你玩？”陆坦觉得，他下回得约约林绍海，给他疏导疏导。

“绍海就是这个性格，他一时半会儿，也不能像你那样，跟孩子亲密无间的。不过，我们以后也会注意的。”

“粤味道”的菜品，做得确实不错，陆坦和程苏边吃边聊：“苏小妹，我看到奥克逊拍卖公司的宣传图片里，有你和子墨的照片呢。”

“哦，那是奥克逊他们在正式展览和拍卖之前，办过一个精品展，当时主要就是为了展出那件八大山人的作品。子墨那天休息，而且他也喜欢八大，所以我就带着他一块儿去看了。”

“看来子墨真是有你的艺术细胞嘛，你喜欢的他也喜欢。这样挺好的嘛，就是要多带他出去走走。”

“我也不知道他什么时候开始喜欢这些的，可能跟我买的那些书、订的杂志有关吧。现在工作忙，动画笔的机会少了。以前有时间，就在家里的画室画画，有几次我发现子墨就在门口看着我画画，我一转眼看他，他就跑回房间了。”

陆坦很认真地听着。

“有一回，我买了一本研究八大山人的书，每天下班回家看一部分。我平时看书有个习惯，就是随手在书上记录一些心得感想。后来，我无意中发现子墨也在看这本书，而且还把我写的心得感想抄写了下来。不过，他好像故意避着我，不想让我知道他在看那本书。我想，他是怕我怪他看闲书，不好好看自己学习的书，所以才偷摸着。所以，我就假装没看到。”

当程苏把这件事情说出来之后，她突然觉得，虽然跟子墨在一起生活了五年，可是，似乎她对子墨的了解，真的太少太少了。甚至，究竟子墨为什么那么喜欢八大的作品，为什么那么爱看研究八大的书，为什么偷摸地把她的心得感受抄下来，她都不知道，也从未认真思考过。

这些年，是不是自己太刻意回避着过去，回避着与过去所联结的一切？

13

晚上，陆坦给程苏打电话："苏小妹，明天子墨休息吧？好几个星期没有带孩子爬山了，明天我想带他去爬爬山。"

程苏说："好的，会不会耽误你的工作？我想子墨一定是非常愿意的。"

"我明天上午可以休息半天，你要不要一起去？你也得运动运动，锻炼一下身体了。"陆坦问程苏。

"我……明天要参加一个美术研讨会，就不去了，你们去吧。"

"你也别整天那么忙，周末该休息就得休息，多抽点时间陪陪孩子。真等将来孩子长大了，上了大学，你想陪他去玩，他都没有时间了。"

"等忙过这阵吧，我腾出一些时间来。"

"好吧。那，子墨放学回来了没？我跟他说几句。"

"回来了。你稍等，我去叫他。"

程苏放下电话，走到程子墨的房间门口，敲了敲门："子墨，坦克叔叔电话，让你接一下。"

程子墨在房间里已经听到程苏跟陆坦在打电话，他料想坦克叔叔有可能是来约他爬山的，所以一接电话就说:“喂，坦克叔叔，你是来约我明天去爬山的吗？”

“是啊，臭小子，是不是腿脚已经很痒痒了？”陆坦调侃着。

“明天还是你来接我？我们七点半出发？”

“对啊，老时间、老地点，我们明天要好好出出汗！”陆坦一提到爬山，也觉得几周不去爬山了，腿脚开始痒痒了，“对了，跟你妈妈说，准备好早饭，我不挑的，只要有鸡蛋、牛奶和面包就好，哈哈！”

程子墨放下电话，对程苏说:“妈，明天我跟坦克叔叔去爬山，他 7 点半过来接我。他说是要在这里吃早饭，要……鸡蛋、牛奶和面包……”

“好的，我知道了。你准备一下明天自己要带的东西吧，家里有矿泉水，多装几瓶。”

程子墨去房间收拾东西，程苏却在那里回味着陆坦刚刚说的话。她突然发现，自己的生活里，除了上班工作，好像就没什么了。就算是看看各种画展，参加一些艺术沙龙，那也是跟工作相关的。至于户外运动，她似乎就没有计划过。

要说陆坦也不是第一次提议让她出去运动运动，但每次她都找到理由推脱了，这次也是一样。其实，明天的研讨会，她是可以不去参加的。但，她好像已经习惯了用工作或者与工作相关的事情为借口，不去考虑更多的改变——关乎生活的、家庭的。

程苏一直觉得，这一家三口，各自忙着自己的事情，相安无事即好。但程子墨这次在“乖巧”上的逾界，着实让她措手不及！这种措手不及，最主要的，还是来自于她的内心。

程苏一夜辗转，难以入眠。

第二天一早，陆坦准时来接程子墨，在程苏家里吃了早餐之后，两人就出发了。陆坦带程子墨去爬的山，是郊外的一个国家森林公园，离市区一个小时的车程。一般情况下，他们两人上山加下山，中间稍作停歇的话，需要近三个小时。

虽然市区里天气有些热，但是山里的温度正合适，而且昨晚下过雨，空气中的负氧离子比较多。陆坦一下车，就深深地吸了一口气，对程子墨说:“来，来，子墨，你也深呼吸两口，洗洗肺！”

两人开始沿着山路往上走，彼此心照不宣地加快速度，他俩经常以山上的第一座亭子为第一段路程比赛的终点。二十分钟后，陆坦先到达这个终点，程子墨落后了几分钟。

“哟，臭小子，今天怎么回事？以前每次都是你比我先到的。”陆坦给程子墨递了一张纸巾。

“我……已经很使劲了，今天是你太快了。”程子墨接过纸巾，擦了擦额头的汗。

“不对吧，我计了时，我可跟以前的速度差不多，是你慢了哦。你是昨晚没睡好，还是早饭没吃饱啊？”

“啊……可能我是……没太睡好，对，睡得有点晚。”程子墨肯定地说。

“睡那么晚，你不会是在玩游戏吧？你们小朋友都喜欢玩的那个游戏叫什么来着？叫……”

“我不玩游戏。我是在弄我的电脑呢，速度有点慢，我给重装了一下，还加了内存。”

“嚯，你厉害啊，自己能折腾电脑？”陆坦突然想起了酒店监控室的事。

“是不是该冲第二个亭子了？”程子墨喝了口水，问陆坦。

“好吧，你要是歇息够了，我们就继续往上走。”

两个人又一前一后地往上走，这次是程子墨先到达。

“不错，臭小子，体力还可以。到了这个亭子，这个高度，再往四周看看，视线就很开阔了。”陆坦站在亭子边上，放眼四周，顿觉心旷神怡。

程子墨找了一个地方坐下来休息，他的汗水已经把后背的衣服给打湿了。现在在亭子里坐着，小风吹过，很是惬意。

陆坦拿出一条毛巾，帮着程子墨把后背擦了擦：“出了那么多汗，现在这样吹风，容易感冒的，起来，稍微走动走动。”

程子墨站了起来，做了几个伸展四肢的动作。

“子墨，快要期末考试了吧？最近学习是不是很紧张？”陆坦一边扭动着脖子，一边问。

“嗯，月底期末考试，这次要全市排名的。”

“下半年就要高三了，老师肯定是抓得很紧的。像你们学习成绩好的，老师更是盯得紧了。”

13

“老师希望我们冲击清华、北大，所以我们天天被盯着成绩呢。”

“那你最近的成绩怎么样？还是经常第一第二吗？”

“嗯，还行吧。”

“跟你争第一的，是女孩还是男孩啊？”

“是个女孩。”

“就是那个跟你一起逃了晚自习的课，去看动漫展的那个？”陆坦冷不丁的直接问道。

程子墨略微愣了一下，他看了陆坦一眼：“你也知道了？”

“你小子真还可以嘿，都能带着女孩去玩啦？嗯，比你坦克叔叔强！”

“没，不是，就是我俩正好都喜欢那个展览，所以就……我买了票，我们一起去了。”

“一定把你们老师给气坏了吧？你还真是够大胆的。”

“嗯，老师让我们叫家长了。大海叔叔去的。”

“结果回家挨批了？”

“没有……我以为，他们会把我狠狠训一顿的。但是，没有。”

这时，一队登山的人来到了陆坦他们休息的亭子，这群人互相嬉笑着、打闹着，打断了陆坦和程子墨的对话。

于是，他俩决定继续往上走。

“子墨，冲最后一座亭子吧，看看这次咱俩谁先登顶！”陆坦迈开了步子往上走，程子墨紧随其后。

越是往上，就感觉空气越来越清新，风也比山脚和山腰处大了一些。陆坦和程子墨差不多同时到达山顶，他俩在亭子里坐下来，大口喘着气，任由额头的汗水往下流，这种感觉，很是痛快淋漓。

程子墨递给陆坦一瓶水，自己则仰脖“咕嘟咕嘟”喝了差不多一整瓶。喝完了水之后，他俩感觉呼吸渐渐平复了下来。

雨后的天气很好，能见度特别高，站在这座山的山顶，放眼望去，整个城市尽收眼底。城市边缘处，是一望无际的江水。在这些景象面前，陆坦总能感觉到人类的渺小，他觉得人生一世，快乐和心安即好。

“子墨，每次你站在这里，看到这些景象，会有什么想法？”陆坦拍了拍程子墨的肩膀。

程子墨很认真地想了想，他慢慢地、一字一句地回答：“我想的是，这个世界很大，究竟哪里才能让我快乐地度过一生？”

陆坦听完程子墨的回答，一时竟无言以对。

他没有想到，一个高二的孩子，竟然会给出这样的答案。换作是高中时代的他，想到的或是“这个世界好大，我要到处走走看看”或是“我得好好努力，将来要在这个城市过上好的生活”等等，好像这样的想法，才是更符合这个年龄阶段孩子的思维方式。

陆坦忍不住问了一句：“子墨，你现在不快乐吗？”问完这句话，他立刻觉得很不妥当，但话已经说出口了，收也收不回来了，那就听听子墨怎么说吧。

程子墨沉默了一会儿，他打开瓶盖，喝了一大口水。

“坦克叔叔，你过得快乐吗？”程子墨很聪明地把问题抛给了陆坦。

陆坦没想到程子墨非但没有回答他的问题，而且还很漂亮地把问题转给了他。他心里暗暗觉得，这个程子墨，难怪学习成绩那么好，脑筋确实够用。但是，这样的回答，也让陆坦觉得，程子墨确实不是程苏他们一贯所认为的“乖巧”“听话”，这个孩子，其实很有想法。

“那你看我快不快乐呢？”陆坦感觉是在斗智斗勇，他也想到了一招。

程子墨站了起来，走到亭子一侧的台阶上，回身看着陆坦：“快不快乐，只有自己知道吧。”

14

登顶之后，一路下山。

陆坦脑海里始终盘旋着海港国际酒店监控室里，子墨曾经出现过的画面。他并不是怀疑子墨，但作为自己的工作职责所在，他需要去核实一下子墨去海港国际酒店监控室的前因后果；而作为自己“坦克叔叔”的责任所在，他也完全有必要去了解事情的原委。

但是，方法和技巧很重要呀，毕竟子墨内心敏感，又处在即将进入高三的学习阶段，万一弄不好影响了情绪，他就没法跟程苏和林绍海交代了。

不过，陆坦觉得，他昨天晚上想到的办法应该可行。

“我们在前面的亭子里歇一会儿吧，今天怎么感觉要比以前累一些啊！”陆坦指着他们每次下山途中遇到的第一座亭子，对走在前面的子墨说。

程子墨回头冲着陆坦笑：“坦克叔叔，这不像你的风格啊！”

“臭小子，你长大了，我变老了，当然体力不如你了。歇一会儿再下山吧！”陆坦用裹在手臂上的毛巾擦了擦汗。

这会儿已经快中午了，两个人都感觉到有些饥肠辘辘。陆坦从背包里拿出两个面包，递了一个给子墨："先填填肚子，一会儿进城，请你吃好的。"

"我还以为今天你就拿面包打发我了哩！"在陆坦面前，子墨说话一向很轻松。

"哪能呢？你们这样年龄的孩子，正是大鱼大肉都不容易填饱的时候。不过，今天请你一顿好的，还有一个目的。"陆坦故意卖了个关子。

"什么目的？"程子墨很好奇。

"你下午有没有空？我的电脑坏了，一直打不开，里面的文件也查不了了，又不想拿出去请人修。你不是挺会整电脑的嘛，所以叔叔想请你帮忙修修。"

"没问题，我最喜欢解决这些疑难杂症了！"子墨一口答应。

陆坦赞赏地拍了拍子墨的肩膀："那走吧，我们先去吃饭，然后再上我家去。"

程子墨选了一家韩式烤肉店，两人吃饱之后，陆坦给程苏打了个电话，然后就带着子墨回自己家了。

陆坦的家在开发区内，这是他在五年前按揭买的房子，离他上班的地方二十多分钟的车程。陆坦打开门，子墨熟门熟路地换了鞋，去厨房拿杯子喝水。

陆坦虽然一个人住，但是屋子收拾得很干净，家具也很简约。客厅里的一面墙是自上而下的书柜，电视机镶嵌在书柜中间；另一面墙对着电视，靠墙是一张三人沙发；沙发的侧面，是一盏很有设计感的落地灯；沙发前面，摆放着一张可以活动的小茶几。厨房间里，东西更少，因为他的主人很少去那里活动。

程子墨很喜欢到陆坦的家里来，他觉得在这里待着，自己的内心就无比轻松，往沙发上一坐，就感到温暖的气息包裹着他，让他沉醉。他也不知道为什么会有这样的感受，但内心里隐隐觉得，自己将来也要成为像陆坦一样的男人。他有时候幻想，如果天天跟他生活在一起的林绍海，能像陆坦那样该多好！

"子墨，你过来看看，我的电脑出了什么毛病。"陆坦在书房里喊他。

程子墨走进书房，看到陆坦正在使劲地一遍遍按着启动键，电脑愣是不给一点反应。这台电脑，陆坦已经用了七八年了，当时还是去电脑城找人组装回来的，可是现在已经明显老旧了。

"坦克叔叔，你这电脑已经是古董了，跟你家里的风格不太匹配呀！"

"我念旧嘛，舍不得换掉它。来来来，还是交给你处理吧。"陆坦把鼠标递给了程子墨。

"你去忙别的吧，我来鼓捣鼓捣。"程子墨很自信地接过了鼠标。

陆坦退出房间，去看看冰箱里还有没有什么水果。还好，前天晚上从便利店买的苹果还有两个，他把苹果洗了洗，放在盘子里，等程子墨修完电脑后吃。

一转眼，程子墨已经把电脑拆得七零八落了。陆坦觉得这个时候跟子墨聊监控室的话题，不太合适，所以索性去卫生间，把昨天换下来的衣服给洗了。

等陆坦晾完了衣服，程子墨已经把刚才拆开的电脑零件给装好了。

“怎么样？能修好吗？”陆坦走进书房。

“差不多了，一会儿估计就能打开了。”程子墨一边拧着螺丝，一边说。

“嚯，厉害啊，子墨，我自己鼓捣了两回都没有修好，以为真的是无可救药了呢！”陆坦真心地赞叹。

“不过，这电脑确实太老旧了，完全跟不上软件升级，一会儿打开了，把文件都备份一下吧。我看，可以换个新电脑了。”程子墨把主机竖立起来，准备开机。

“听说，你上次还给海港国际酒店的监控室修过电脑？”陆坦貌似很随性地一问。

程子墨正按了开机键，满心期待电脑被打开的一刻。这会儿听陆坦这么一问，他不由得愣了一下。

“哦，是的，被我同学拉着去的，他把监控室的电脑弄坏了。”程子墨回忆道。

“然后，你把监控室的电脑给修好了？”陆坦问。

“嗯，我那个同学不小心删除了一个程序，导致文件读不了了。我把程序找出来，给重新装了一下，就好了。”程子墨说。

“你有没有发现，监控室的电脑有什么其他不对劲的地方？”

陆坦继续问。

程子墨想了想：“我没有发现。”

说话间，电脑打开了，跳出了正常的蓝色开机界面。

“可以嘛，子墨，电脑在你手里还真是听话。”陆坦发现，程子墨对付电脑，真的是有一套。

“哎？这……这是你们三个人的照片？”程子墨看到了陆坦电脑的桌面，是陆坦、程苏和林绍海的合影，他特别惊讶，“这张照片，我怎么从来没有见到过？我们家怎么没有？”

自从电脑坏了以后，陆坦也有好久没有看到这张照片了。

陆坦记得很清楚，当年高考结束、大一入学前，他们三个人约着一起去海边玩。那天的程苏，穿着白色的长裙，挽着松松的长发，在夕阳映照下的金色沙滩上，捡着散落的小贝壳。那一幕，后来有多少次出现在他的梦中，已然数不清了，学生时代最为感动的美丽回忆，莫过于此。

那次游玩的回家途中，程苏突然提议，我们三个人合个影吧。

陆坦和林绍海都拍手同意。

他们来到小镇上的照相馆。程苏站在中间，陆坦和林绍海各站一边，三个人背靠着园林背景的布景墙，在照相师傅“一、二、三”的口令下，拍了一张彩色合影。这是他们三个人唯一的一张合影，在此之前，除了班级的全体照，他们互相之间，都没有拍过照片。

那个年代，流行的是同学之间互相赠送照片。程苏也去照相馆拍过一张穿着米色裙子的半身照，洗了几张，准备跟同学们交换。班级里几个关系不错的女同学都与程苏交换了照片，程苏心里，则特别希望林绍海主动来跟她交换照片。当然，陆坦来跟她交换，她也是非常乐意的。结果，林绍海和陆坦都不好意思跟她开口，她留存的两张照片硬是没有交换得出去。

不过，程苏又不愿意主动提出交换，女孩子总归是要矜持一些的。但眼看着就要各奔前程了，程苏终于还是鼓起勇气，提议三个人合个影吧。

照片中的程苏微微笑着，略带羞涩，白色的衣领映衬着姣好的面容，安静又美丽；左边的陆坦，肩膀僵硬地挨着程苏，笑容里充满了紧张和激动；右侧的林绍海，也是一副紧张的模样，但笑容里却是比陆坦多了一份自信。

照相馆洗了三张照片，三个人一人一张。陆坦一直将照片带在身边，从上大学到之后的工作。后来有了扫描仪，陆坦将照片扫描到了电脑里。可惜的是，在他搬新居的时候，装在相框里的照片弄丢了。陆坦翻找了多少回，都没有找到，这让他懊恼不已。幸好当时扫描了照片存放在电脑里，要不然，他会觉得自己的人生都缺憾了一部分了。

“坦克叔叔，这是什么时候拍的？”程子墨把陆坦从回忆里拉回来。

“子墨，你看那个时候，我们都那么年轻。”陆坦答非所问。

“是你们高中时候？”程子墨问。

“对，我们高中毕业那年拍的。你妈妈那时候，多漂亮。”陆坦从不掩饰对程苏的夸奖。

程子墨仔细看着照片，比起现在，那时候的妈妈看起来有一点羞涩，很像他现在身边的一些女同学，比如李欣森。李欣森看他的表情也是如此，羞涩中满脸飞红晕。

而他的坦克叔叔和大海叔叔，则是一副青涩的模样，愣头愣脑的样子，表情很欢喜。这一点，似乎跟他不一样：李欣森看他的时候，李欣森是羞涩的；但是接触到李欣森的眼神，他却没有过多感受。他只是觉得，在众多同学当中，李欣森算得上是一个他比较欣赏的人：学习成绩好，是他的竞争对手；兴趣爱好有相似之处，比跟其他同学多了一些可以聊的话题。

至于父母和老师所担心的“早恋”问题，他觉得那就是瞎担心，他完全知道自己在做什么，自己需要什么。但是他又不愿意过多去解释，去表态，也许解释得越多，反而越说不清楚了呢。

“改天，能给我讲讲你们之间的故事吗？”程子墨试探性地问陆坦。

“你不会觉得我们的故事也是‘老古董’吧？”陆坦调侃程子墨。

“‘老古董’有收藏价值啊，就像八大山人的画一样。”程子墨不经意地说。

14

“说到八大山人，我记得那天在你家吃饭，你说你喜欢他的画来着，我很好奇，你怎么也喜欢他的画的？”陆坦确实很好奇。

程子墨没有立刻接话，他想了会儿说：“八大的画很冷酷。不过，她很喜欢，而且，也能画出这种感觉来。”

没等陆坦问“她”是谁，程子墨补充道：“我是说我妈妈。”

15

专案组的第二次案情分析会，陆坦请来了林绍海。

林绍海是接受过滨海公安分局正式聘书的犯罪心理学顾问。这次案件因为涉案金额特别巨大，局里也很重视，所以陆坦的申请一提出来就获批了。

刑警队的会议室里，小七对着投影的 PPT 进行案情汇报。除了第一次案情分析会上已经汇总的信息外，根据陆坦在第一次案情分析会上的指示，刑事技术部门对现场进行了多次复勘，侦查员对相关人员做了大量调查。梳理下来，大致的情况有如下几条：

第一，作案时间可以确定在案发当晚 7 点半到 12 点之间。

第二，作案人应该是预谋作案，目标非常明确，失窃画作是所有预展拍品中价值最高的一件。

第三，作案人对酒店监控系统比较熟悉，具有较高的计算机与网络操作能力，作案后远程删除了案发当晚 12 点之前的视频监控信息。

第四，作案人没有选择有保安执勤的展厅大门进出，而是利用展厅的天花板上部与相邻餐厅附近的公共卫生间相通的安保漏洞进出现场。

第五，根据目前工作没有发现作案人在现场留下任何有价值的指纹、脚印、毛发等可作同一性认定的物证痕迹。

第六，作案人拆卸和复原画框使有的工具所遗留的痕迹，与奥克逊公司布展后放置在展台下备用的工具可以导致的痕迹相似，不排除直接使用这些工具的可能。

第七，经与监控设备供应商确认，监控的默认设置是关闭远程控制端口的。因此，应该是有人打开了远程控制端口。目前海港国际酒店监控器的存储容量为30天，30天前的监控信息会自动覆盖。酒店在案发前正准备进行监控升级，升级完毕存储容量可达到3个月。

第八，通过对海港国际酒店和奥克逊拍卖公司的员工以及案发当晚酒店部分旅客走访调查，目前主要有两点比较有价值的信息：一是案发20多天前，奥克逊拍卖公司曾经为了推介重点拍品，在海港国际酒店的同一展厅进行过为期3天的精品展，失窃作品当时挂在同一位置；二是海港国际酒店的一名清洁工反映，与发案的展厅相邻的餐厅附近的公共卫生间通风管前段时间进行检修，卫生间天花板上的检修口一直处于打开状态。

“我记得展厅门口不远有一处公共卫生间？”陆坦询问道。

“是的，该层有两个公共卫生间。展厅门口这个大一些，也比较显眼，使用的人较多。餐厅附近的公共卫生间主要是提供餐厅服务人员使用，偶尔餐厅包间内独立卫生间维修，也会引导用餐客人使用，但是位置比较偏僻，不是去用餐一般走不到那里。”小七补充介绍。

大白接着说道：“目前已经基本可以确定作案人是从天花板上的通道进入现场的。我们询问了酒店的管道维修工，该层的餐厅均为包间，内部有独立卫生间，而且餐厅附近这个公共卫生间比较偏僻，平时少有人去，所以他们在作业后因为大意，没有按操作规程将检修入口关闭，但他们表示都没有去过展厅上方的位置。我们在展厅上方的管道内发现了新鲜的擦痕，表明有人新近从这里通过，已经拍照和录像。”

“现场实验表明，体型偏瘦的成年男子一般都能顺利通过这些管道。而能攀上天花板的入口，不借助工具踩踏的情况下，至少需要 175 厘米的身高。”小七补充道。

“还有没有补充？”陆坦环顾并停顿了一下，接着说道，“根据对以上信息的研判，我们可以着手进行犯罪重建了。作案人应该是有明确目标和精心预谋地实施了盗窃犯罪。作案前，首先通过潜入的方法或利用黑客手段，打开了酒店监控的远程控制端口。作案人事先到现场进行过踩点，熟悉被窃物的位置和进出位置。案发当晚，作案人通过与展厅相邻餐厅附近的公共卫生间天花板维修入口潜入展厅，利用自带工具或展厅内的工具拆开画框，拿出画后又将画框复原并挂回原处。然后带着画原路返回，逃离酒店，并远程删除了酒店监控记录。从现场遗留较少痕迹物证的情况来看，作案人有较强的反侦查意识和手段，有单人作案的可能，但也不能排除团伙作案的可能。”

说完陆坦看向林绍海。

林绍海会意地点了一下头。

“根据大家提供的信息，我谈谈我的看法。盗窃字画作品和盗窃其他财物，给人的感觉不太一样。因为名人画作不属于大众消费品，其价格虽高，但变现不易，因此在我国发生率并不高。国际上有不少名画失窃的案件，比如达·芬奇的《蒙娜丽莎》(1911 年于法国罗浮宫被窃)、伦勃朗的《加利利海的风暴》(1990 年于美国波士顿一家博物馆被窃)、凡·高的《斯海弗宁恩海滩》和《离开尼厄嫩教堂》(2002 年于荷兰的凡·高博物馆被窃)，以及达利的《两个阳台》(2006 年于巴西的里约热内卢萨普卡博物馆被窃)，均被报道过失窃。”

林绍海的这番话引起了会场的小小骚动，大家纷纷小声议论起来。

沙弥问道:“林教授，你觉得我们现在这个案件，会不会是有人在模仿国外的这些名画失窃案？”

“你的这个问题提得很好，”林绍海回答说，“之前我和陆队也分析过，尽管多数盗贼偷盗名画之后是为了变现，但是我们也不应该被束缚了思路。除了求财这一动机外，追求特殊物品盗窃时的刺激感和得手后的成就感，与奥克逊拍卖公司的纠纷，或者你说的模仿等都可能是作案动机。”

“动机从来就是疑难案件分析中比较复杂的问题，”陆坦说，

“今天我们先放一放，请林教授就现有的信息，帮我们刻画一下犯罪嫌疑人。”

“动机分析历来是比较难的，这几年参与的案子中我也有分析错的时候。”林绍海说，“先抛开动机不论，就大家刚才提供的信息和陆队做的犯罪重建来看，我大致可以总结一下，犯罪嫌疑人应该是男性、偏瘦、比较灵活、身高在 170 厘米以上，相貌及衣着打扮在海港国际酒店这样的环境里没有违和感，至少不会引起他人的过分关注，这样他在 7 点半到 12 点之间出现在酒店中，才不会显得惹眼。”

“有没有可能就是酒店工作人员呢？”大白问。

“从他对酒店监控设备动的手脚和对进入现场方式的选择，也可能与酒店有某种联系。至少目前还不能排除他是酒店员工的可能性。”小七接话。

“现场只丢了这一件价值最高的拍品，说明嫌疑人对奥克逊拍卖公司此次拍卖品的情况有所了解，对失窃画作的价值比较清楚。那么，拍卖公司的员工也有作案的可能啊。”沙弥分析道。

“刚才陆队的观点认为，既有一个人作案的可能，也不排除团伙作案的可能。”林绍海说，“我理解他也是考虑到了这些因素，但我还是倾向于认为一个人完全有能力实施作案。当然，嫌疑人需要具备以下条件：一是对奥克逊拍卖公司这次拍卖的作品有所了解。当然，只要是对这次拍卖有所关注，就不难了解拍品的大致情况和失窃画作的价值。这些信息，拍卖公司都曾大力宣传过。另外，拍卖公司在二十多天前还举办过一次精品展，有可能嫌疑人在那个时候就有了犯罪意向。

“二是对酒店的建筑结构有所了解，应该在作案前就对进出方式踩过点。这条通道一般人不大可能会知道，案发当晚误打误撞的可能性很小。当然，也可能是因为发现了这条进出通道，强化了嫌疑人的犯罪意图。

“三是有机会接触酒店监控设备，或者具有较高的计算机与网络操作能力，可以侵入酒店网络进行远程修改。无论是哪一种情况，都必须对计算机网络很在行。”

“如果是一个人作案，那么嫌疑人的年龄范围是多少？”陆坦马上提问。

林绍海稍稍考虑了一下：“年龄的上限比较好定。一是进入现场的动作需要比较灵活，不能年龄太大；二是需要较高的计算机与网络操作能力，年龄太大的人一般不具备。所以我认为年龄的上限应该在 40 岁左右，放宽也不应该超过 45 岁。年龄的下限嘛……根据身高的要求和计算机操作能力的要求，应该在二十多岁……嗯，如果放宽一些的话……至少也要十六七岁。”

“会不会有前科？”小七问道。

“从现场遗留较少痕迹物证的情况来看，作案人有较强的反侦查意识和手段，传统上我们会容易怀疑嫌疑人有过前科。但是，现在许多影视作品和新闻报道中不太注意，常常把我们的侦查手段反映出来，所以有较强的反侦查意识和手段也不能就认定有过前科。另外，字画类物品的盗窃比较特殊，即便有前科，也不大可能会是偷盗名人字画。”林绍海回答，“我个人比较倾向于嫌疑人没有前科的可能。”

此言一出，会场中不少人都带着疑惑地眼神看过来。

“我这样认为的主要原因还在于现场那个又挂回原位的画框。”和刑警们接触多了，林绍海说话也不卖关子，“对于盗窃来说，这明显是一个多余动作。但是对于分析嫌疑人心理，这不仅不多余，反而很重要。大家想一想，嫌疑人作案过程中，留在现场的时间越久，暴露的可能性就越高，因此最合理的行为是拿到画后马上离开。但本案的嫌疑人却又花时间把画框复原，然后挂回去，这可不是吃饱了撑的。在犯罪刻画中，我们把这种行为称为犯罪标记，是指犯罪人为了满足某种心理上或情感方面的需要而实施的某一特殊行为。这种行为对于犯罪的实施来说显得多余和不必要，但是对于犯罪人而言却与特定的经历或情绪相联系，可能是刻意为之，也可能并不经意。就本案来讲，嫌疑人的这个行为透露出他谨小慎微和讨好的性格特征。而有这样性格特征的人，通常不会有犯罪前科。”

“谨小慎微，这个能理解；讨好？这是怎么个意思呢？”陆坦问。

林绍海分析道：“讨好的情况有很多种：比如因恐惧和害怕惩罚，或是因感到歉意和内疚，也可能是为了寻求关注和表扬，讨好者会在自己的能力范围内做出一些自认为有意义的事。但往往这种行为对被讨好者来说，并不期待和需要。

“讨好的性格特征，应该是在日常生活中养成的，是讨好者适应他所生活的环境的一种方式。很多时候，被讨好者是这个环境的规则设定者。但通常讨好者的行为表现，会主动越过规则的底线，想要做得更好。久而久之，讨好者会对环境中很多细节变得敏感，自以为是地做了很多。尽量维持环境的原貌，就是这样一种表现。”

听了林绍海的讲解，有的人表现出恍然大悟的样子，有的人却还是若有所思，大家又各抒己见的讨论了好一阵。

分析会最后，陆坦给专案组布置了工作：

第一，整理关于嫌疑人的刻画（男性、偏瘦、比较灵活、身高在 170 厘米以上，相貌及衣着打扮在海港国际酒店这样的环境里没有违和感，年龄在 16 ~ 45 岁，具有谨小慎微和讨好的性格特征）发给所有专案组成员。

第二，请网安部门抓紧恢复监控数据。一旦恢复，就自案发时间点向前，重点是奥克逊公司预展期间和精品展期间，从监控中寻找嫌疑人。

第三，加大对酒店、拍卖公司相关人员摸排走访的力度，参考林绍海给出的罪犯刻画寻找相似人员，逐一排除嫌疑。

第四，安排专人对酒店周边所有治安监控视频再次仔细查看，不能遗漏任何一个监控点位，寻找案发时间段及前后进出酒店的可疑人员。

16

案情分析会开了三个多小时，正好到了饭点。本来陆坦要请林绍海在分局食堂吃饭，但林绍海说下午要出差，必须得回家准备准备，便匆匆告辞了。

林绍海出差回来，收到陆坦的短信，问他哪天有空，想单独约他出去聚聚。

陆坦很少单独约林绍海，一般都是直接去家里找，顺便就能蹭个饭，跟他们夫妻俩打打趣。他们也习惯了陆坦这个编外家庭成员，有他在的时候，家里更热闹一些，子墨也显得活泼点。更重要的一点是，陆坦能带着程子墨出去运动出汗，能跟程子墨处成朋友的样子，这是他们夫妻俩办不到的。

林绍海觉得，陆坦单独约他，一定是有什么话，不便当着程苏的面跟他说。于是，他们约好了，周三晚上，在陆坦家附近的“吱吱香”烤串店吃夜宵。

陆坦提前订了个相对安静的小包间。这家烤串店的老板是大白的老乡，陆坦他们有时候工作晚了，就和队里的同事一起来“吱吱香”夜宵，所以跟老板混得很熟悉。

林绍海很少光顾烤串店，他一向认为烧烤的食物，吃着对身体不好。不过，当陆坦带着他刚坐下不到五分钟，他就被烤肉的香味给吸引住了。他俩要了烤羊肉、烤腰子、烤鸡脆骨、烤板筋等等，又点了花生毛豆、皮蛋木耳等凉菜。不一会儿，凉菜上桌，六大扎生啤也端了上来。

“嚯，那么多酒！我可是喝不了多少的，你点多了吧？吃烤肉的时候喝啤酒，对身体不好吧？”林绍海是个讲究人。

“难得的，难得的。你回国那么久了，我也是第一回约你来撸串、喝啤酒，又不是经常这样吃喝，没事的。”陆坦已经端起了啤酒，“来！先喝上一口，润润嗓子。”

林绍海微微喝了一口，冰啤的清凉，顺着喉咙直线往下，真的是很舒坦。

“不过，要是苏小妹知道我约你撸串、喝冰啤，一定不会放过我的。”陆坦很确信地说。

“你知道她不会放过你，你还敢约我来撸串、喝酒。”林绍海夹了一筷木耳尝了尝，发现味道真是不错。

“有些时候，男人们是该站在一条战线上的，比如喝个酒，撸个串啥的。”陆坦忍不住又端起酒杯，喝了一口。

林绍海看着陆坦很享受的模样，突然觉得很羡慕。

认识陆坦25年来，林绍海一直很欣赏陆坦的率直和坦诚。而他自己，也许因为所属专业和工作关系，却变得越来越谨慎。

“上回你出差的时候，我约了苏小妹吃饭，跟她聊了聊子墨的事。周日那天我有空，就拉着子墨去爬山了。”陆坦一边剥着花生，一边对林绍海说。

“小苏都跟我说了。说实话，你对子墨比我用心得多，惭愧呐！”林绍海端起杯，敬了一下陆坦。

“这孩子……从小不容易，性格上有些放不开，我看着他，有时候都感觉到心疼。所以，我有时间就愿意多带他出去运动运动，跟他聊聊天，扯扯他感兴趣的话题。”陆坦说这番话的时候，表情有了一分凝重。

林绍海点了点头：“你做得挺好的，我和小苏一直觉得，你对子墨付出挺多……唉，不瞒你说，有的时候，我觉得自己挺无奈的，说起来我还是学心理学的，还整天跟目前最权威的心理学界打交道。但是，对于子墨，我却做不到像你那样与他相处，与他几乎无心理边界的交流。”

说话间，他们点的各种烤串陆续上桌了，孜然的香味裹挟着辣椒末的火热劲儿，肆无忌惮地诱惑着人的味蕾。陆坦递了一把羊肉串给林绍海，让他赶紧趁热吃，同时自己也开始“战斗”起来。林绍海试着咬了一口烤得油花直冒、颜色金黄的羊肉串，惊奇地发现，原来一向被自己贬为不健康食品的烤串，居然能有那么好的口感。看着对面大快朵颐的陆坦，吃得颊齿留香，林绍海又不觉羡慕起他来。陆坦就可以这样，由着自己的性情，活得很本真；而自己，则不自觉地给自己画地为牢，做了太多的限定。饮食是这样，为人做事同样是这个道理。

人生其实是可以丰富多彩的，你所谓的坚持，也许就是一种偏见。

陆坦一边吃，一边思考着林绍海刚刚说的那番话。

“说到底呢，子墨虽然个头比起你我都要高了，但他毕竟还是个孩子，他有作为一个孩子对于父母的种种需求。比如说，他需要陪伴，需要与家人一起出游，需要在做错事情之后的宽容，需要在面对困难时候的援助，更需要适当撒撒娇的机会。”陆坦说话一如既往的直接。

林绍海很认真地听着陆坦说的话，他没想到，看起来大大咧咧、总爱打趣的陆坦，其实是一个观察细致、心思细腻的人，对于孩子在家庭中的成长，他的见解让林绍海很是赞同，同时又自叹自己的失职。

“陆坦，你今天真是让我刮目相看呐！你刚才说的那番话，真不像一个大龄未婚男士。来，我再敬你一杯！”林绍海这次喝了大大的一口，杯中的啤酒一下下去了好多。

“子墨是个内心敏感的孩子，他很聪明，很乖巧，学习也很努力。但是，你不跟他像朋友一样相处，就不能真正地跟他沟通。看起来，你们是处得相安无事，互相之间也很客气。但，恕我直说了啊，这样的状态，其实不正常。”陆坦似乎还不尽兴，继续“扎刀”。

“受教了！受教了！”林绍海借着刚才下去的一大口酒的酒劲，对陆坦抱了抱拳。

两个人继续喝着聊着，不觉六扎喝干了，林绍海主动要求再加一扎。

喝着喝着，陆坦忍不住问起了憋在他心里很多年的一个问题，他看着林绍海："有个问题，我一直想问你，但也一直没有能问出口。今天，咱俩都喝得不少，我就问问你看，你愿意回答最好，不愿意……也没有关系。"

"问吧……都喝成这样了。"

"当年，咱上了大学之后，你为什么一直没有给程苏写信？"

林绍海没想到陆坦问他的是这样的问题，而这个问题，也一直是憋在他心里想要问陆坦的问题。

既然是陆坦提了出来，他就先回答吧。

"谁说我没有给小苏写信，我写了很多封信，每次我盼着她回信的时候，收到的却都是我写给她的退信。"

陆坦不依不饶："那你没有了解了解，为什么会退信给你？"

林绍海无奈地说："我不知道为什么会退信给我。我们那会刚到学校报到，第二天就被拉到北京郊外的部队去军训了。军训的时候，管得特别严，都没有机会写信。"

"军训的时候是特别的苦，"陆坦也想起当年他们入警校以后的军训来，"我们集中军训了两个月，这两个月，我们随时都是整装待命的状态，晚上睡觉都不敢脱衣服，教官会随时吹哨让我们起来拉练。"

"所以，你也写不了信吧？"林绍海对陆坦笑了笑。

16

陆坦没接林绍海的话，继续问他："你们书信联系不上，你就没去找过她吗？"

"找过啊，怎么没找过？放了寒假以后，我打电话给她家里，她妈妈说她还没有回家，说是在学校参加冬天的'采风'活动。"

陆坦发现，他和林绍海遇到的情形，基本一样。

"那春节联系了吗？你不去她家里找她？"陆坦问得很直接。

"我还真是去了，我骑车去她家里找她，结果她家里的门锁着，邻居说，她们回乡下过年去了……特别遗憾。"林绍海很清晰地记得当时的沮丧情绪。

"再后来，你就准备出国了？"陆坦知道，林绍海后来作为交换生，去国外学习了一年。

"春节过后回学校，正赶上学校选拔国际交换生的考试，老师鼓励我们几个成绩好的学生参加。那段时间，备战考试，天天学习到深夜，偶尔写过一两封信给小苏，也是石沉大海，真不知道为什么就没有她的回音。再之后，我顺利通过了交换生考试，要去美国学习一年。"

"你不是大一暑假过后才出国的吗？暑假里，没想着去找程苏？"陆坦不解地问。

林绍海依然是无奈的表情："怎么没去找啊。我打电话给她，她爸爸接的电话，说她暑假里没有回来，在学校里跟着一支绘画队伍又去'采风'了。我跟她爸爸提了我要去美国学习一年的事情，她爸爸还很客气地勉励我好好学习。"

陆坦不说话了，他端起酒杯，自顾自地喝干了，又让服务员上了一大扎。

林绍海的酒量不行，所以稍微喝了一口，他看着陆坦又要了一扎，知道他的心里也不痛快。不过，今天既然已经把话聊到这份了，他也忍不住问陆坦："同样的问题，我也要问问你的。我知道，你很喜欢小苏的。当年是，现在依然是吧。"

陆坦点了点头，又摇了摇头："你说对了一半，当年我是很喜欢她，非常喜欢她，从小学时候就开始喜欢，我不容许别人欺负她，放学的时候，我远远跟着她，就怕她出什么情况。上初中了，她突然开始不理我了，我伤心呐。后来我才知道，那是女孩子的害羞，不好意思。再后来，你来了，你还跟她搭档出黑板报，把我紧张和妒忌的……我就怕你把她从我身边抢走，可是我又分明感觉到她是喜欢你的。我想跟她考一个城市的学校，可她偏偏不让我看到她的志愿。"

林绍海静静地听着，那段青春不再的时光，回忆起来，依然是如此美好！若不是今夜陆坦拉着他来撸串、喝酒，恐怕这辈子都没有机会敞开心扉，与作伴青春的人重拾过往岁月中的点滴精华了。

"自海边游玩回来一别，我们就各自开学，各自军训。跟你一样，我也是军训严格到几乎不能写信的地步，但是好不容易写出去的信，最后也是退了回来。我也去找过她，跟你遇到的情形一样。不同的是，暑假里，我听说她没有回家，跟着什么小组去

‘采风’了，我就坐火车去她的城市找她。然而，当我打听了很多人，终于找到她的时候，她看到我的表情却是非常的复杂，复杂到似乎有惊喜、有埋怨、有后悔又有伤心的程度。”

陆坦又喝了一大口：“她默默地请我吃了一顿饭，期间，回避着各种回忆过往的话题。我以为，她还沉浸在高考失意的情境中，所以还想着法儿说笑话，想逗乐她。然而，让我没有想到的是，在送我回程上火车的时候，她突然决绝地对我说‘以后再也别来找我了’！说完就扭头走了，我呆呆地站在火车门口，整个人都傻了。我以为是你，是你的原因，让她对我那么决绝的。”

林绍海苦笑着摇了摇头，也一口喝干了杯中的啤酒，跟服务员又要了一扎。

“不过，如果真是你，那就好了……哎，这些都过去了，现在倒是挺好的，她是你的妻子，你是她的老公，你们互相总算实现了当年的梦想，挺好！我呢，经过了这么多年，也早就把她当作了我的亲人，她本来就是我的亲戚，只不过，是那种可以忽略不计的远得不能再远的亲戚啦。你大可以放心……”

林绍海拍了拍陆坦的肩膀：“你……就是我们家庭的成员，我们……就是一家人。没有你，我还真不……不习惯呢。”

陆坦点了点头，也拍了拍林绍海的肩膀：“有机会，我再跟你讲讲我的事情。”

林绍海的酒量不如陆坦，但今晚已经是超量发挥了，所以陆坦说的这句话，他没有太明白，只是不住地点头。

陆坦给程苏打了个电话，说他跟林绍海一起吃夜宵，喝了点酒，林绍海不胜酒力，他就准备留宿林绍海了，让程苏不要担心。

程苏不知情，稍稍埋怨了几句。她让陆坦给她发个地址，然后开车把林绍海接回了家。

17

傍晚时分，在滨海高级中学操场的塑胶跑道上，一个帅气的身影准时出现。他一身运动装，白色的短袖T恤、黑色的及膝运动裤和黑白相间的运动鞋。每天，他都会绕着操场跑上五圈。在滨海高级中学，这被看成是那些迷妹们的福利时间。

程子墨知道，每次在他跑步的时候，操场上总有很多双眼睛或大胆或偷偷地盯着他。有些女生会跟在他后面跑，也有些女生会从旁边跑道突然穿插到他的前面，还有一些女生则会夸张地在他面前故意摔倒。他见多了，也就很明白那些女生的小心思了。所以，他索性戴上耳机，一边听音乐一边跑步，倒也省却了很多的麻烦。

还有一圈，今天的跑步就结束了。快要到终点时，程子墨发现同桌邱宇豪正在那里等他。

邱宇豪看到程子墨，递给他一瓶可乐。

“你怎么在这儿？”程子墨接过可乐，问邱宇豪。

“知道你这会儿肯定在这里，所以我来找你的。”邱宇豪把程子墨往边上拉了拉。

“什么事儿？在教室里不说，到操场上来找我？”程子墨拧开瓶盖，喝了一大口可乐。

“我爸跟我说，上回我拉你去修监控室电脑的事，警察也知道了。”邱宇豪很小声地说。

程子墨咬了咬嘴唇，想了想说：“修电脑又不犯法。”

“你说巧不巧，酒店前不久丢了个重要东西，好像最后的破案焦点落在监控室里了，”邱宇豪沮丧地说，“你说，我咋就那么手欠呢，非去摆弄那个电脑，结果就把电脑给弄坏了，还把你给拉进来……估计，警察也会去找你询问情况的。我……唉，我觉得这事儿麻烦了，不知道你爸妈会不会怪你？”

邱宇豪说着，对程子墨做出了一个讨饶的滑稽动作。

程子墨轻轻捶了捶邱宇豪的肩膀，拉着他往操场出口走：“我们只不过把电脑修好而已，又没有做什么违法的事情，警察就是找我，也没什么的。”

“嗯，我爸爸是被狠狠批评了，这事儿我也感觉对不住我爸，可是我也不是故意要捣乱的，谁让那电脑那么不经折腾呢？”邱宇豪还觉得自己挺委屈的。

“你爸那边的电脑哪能随便乱动的，你就吃一堑长一智吧。”

“哎，我好像听说，监控的视频数据都被删掉了，好像是有‘黑客’从外面入侵进来的，不知道真假。不过，真要是这样，这个‘黑客’还挺有本事的，他怎么能进得去的？”邱宇豪貌似还挺崇拜这个他听来的“黑客”。

没等程子墨搭腔，邱宇豪突然又很神秘地看着程子墨说：

“不会是你吧？你有没有那么大的本事？”

程子墨没想到邱宇豪会这么想，一时竟不知如何回答他。

邱宇豪哈哈大笑：“瞧把你给吓的，我跟你闹着玩呢，你修电脑的技术再厉害，也不会有‘黑客’那样的本事的。你看电影里演的，那些‘黑客’屋里上上下下都是各种稀奇古怪的设备，他们整天躲在屋子里鼓捣。而你，要学习，要跑步，要参加各种比赛，还要考清华北大，你哪有时间哦！”

程子墨一直没有接话，等邱宇豪各种脑洞大开后，他才回了一句：“你还真是有天大的想象力……”

邱宇豪觉得，这是程子墨在表扬他，特别得意。

他俩一路往食堂走着，程子墨突然停下来：“我去教室了，你去吃饭吧。”

“啊？你不吃饭了啊？晚上还有三节课呐！”

“不吃了，李欣淼有道难题，让我帮她解答一下！”

“李欣淼有难题，你就不跟我一起吃饭啦？你可不是个重色轻友的人呐！我说你……”

程子墨已经往教室的方向走了，他回头冲邱宇豪摆了摆手。

邱宇豪只好一个人去食堂，他嘴里还嘀咕着：“平时也没见你多搭理李欣淼啊！不过，李欣淼学习成绩好，人又长得漂亮，谁不喜欢呢……”

邱宇豪一直把程子墨当作好朋友，因为程子墨是看得起他的。说起来，邱宇豪成绩也很不错，能考上滨海高级中学，那都是各校中考上来的佼佼者。但是，滨海高级中学毕竟是滨海市最顶级的高中，所以权贵和官宦子弟也不少。邱宇豪有一回与一个权贵子弟发生了一点矛盾，那个权贵子弟就纠集了几个同学，拿邱宇豪爸爸的安保工作身份取笑邱宇豪，对他进行各种言语羞辱。在邱宇豪最孤立无援的时刻，程子墨站了出来，帮他赶跑了那帮权贵子弟。

自此，邱宇豪成了向来特立独行的程子墨的朋友，且在高二调座位时，主动要求与程子墨成了同桌。

邱宇豪对程子墨简直是全身心的崇拜。在邱宇豪的眼里，程子墨样样都拿得出手：近一米八的身高，长得非常帅，又是运动员体型，有那么多的女孩子喜欢他；每门功课都学得扎实，考试成绩不是第一，就是第二，标准的学霸；只要是参加比赛，总能赢个奖回来，学校的宣传栏里，常年展示着他得到的各种奖状……

还有一点是，程子墨的父母都是大学教授，是高级知识分子，这样的家庭，尤其让邱宇豪羡慕，尽管他并不觉得父亲的工作有什么丢人的地方。

总之，邱宇豪很自豪能跟程子墨是同桌，他觉得程子墨好像什么事情都能搞得定。所以，当他在监控室里不小心把电脑弄坏之后，他第一个想到的，就是向程子墨求助。

程子墨觉得，邱宇豪是个率真、坦诚的人，某种程度上，有点像他坦克叔叔的性格，所以，他把邱宇豪当作了朋友。

17

当程子墨走到教室时，李欣淼和她的闺蜜已经在那里写作业了。

李欣淼学习非常用功，晚饭后经常是第一个回到教室。在其他同学陆续进教室的时候，她已经做完一套试卷了。

听到楼梯上熟悉的脚步声，李欣淼一抬头，正看到程子墨走了进来，目光恰好碰到了一起，她赶紧低下头，心脏一阵狂跳。李欣淼很喜欢程子墨，在她的眼里，程子墨就是一个完美“男神”的化身：帅气挺拔，学习优秀，还特别的稳重。她不喜欢班级里那些心智不成熟的男生，互相之间打打闹闹，逮着无聊的话题还能聊得那么起劲。程子墨则不一样，他自带一股超凡脱俗的清高，无人能及。

“哎，你前天是不是说有道题目，答案不太对？”程子墨的座位，在李欣淼座位左侧的斜后方，隔着一张课桌和一条走道。

李欣淼知道是程子墨在喊她，因为前天她确实问过程子墨，书后的标准答案好像有问题。

李欣淼回头应了一声：“嗯，第 90 页的第 4 题。”心里，又一阵小悸动。

过了一会儿，程子墨把题目解答在纸上，走过来递给了她。

李欣淼连忙看了一下，确实，答案是错误的，她的演算结果跟程子墨一样。她正要回头感谢一下程子墨，突然看到纸的下方，有一行小字：

“今晚放学在车棚等着，一起走。”

李欣淼小心翼翼地把纸折好，藏进了书包。她没再回头感谢程子墨，心里却是欢喜得不行。

晚上 9 点，晚自习的下课铃声响起。同学们收起书包，陆续走出了教室。李欣淼等着程子墨先从身边走过，然后她再慢慢走出去。

程子墨也故意晚了一会儿才出教室。所以，等到他俩在车棚取自行车的时候，同学们基本都走完了。

他俩推着自行车出了校门。

“谢谢你帮我验证了那道题。”李欣淼小声地说。

“上回的动漫展，好不好看？”程子墨几乎与李欣淼同时说话。

“哦……很好看……不过就是……”李欣淼想起那次被请了家长，还是心有余悸。

“害你受到老师的批评了。”

“没想到老师会那么生气的，我以为老师顶多会说我几句……毕竟，我们都不是调皮的学生。不过，老师估计是……很失望吧。”李欣淼觉得老师的处理有点激烈。

“那天晚上回去，我们到家都很晚了。”程子墨说。

“嗯，是的，到家都快 10 点半了。那天我在出口等了你很久，打你电话也不通，我看时间不早了，不敢等下去了，刚想要走，就看到你了。”李欣淼想起那天动漫展上人特别多，她和程

17

子墨被拉着去角色扮演体验，突然涌进来一群人，簇拥着几个角色扮演的网红，一下子把他俩给冲散了。

“展厅太大，等那群人过了之后，我一时也没有找到你，而且手机没电了，”程子墨对李欣淼说，“不过，幸好在出口处碰到你了。”

“我还以为你走了呢，到处找不到你。”李欣淼小声地说。

“我一直都在展厅里，没有离开过。”程子墨看了一眼李欣淼。

“二次元的世界，真是好疯狂的……只是，以后是不敢逃课了。你也被你爸妈批评了吧？”李欣淼问程子墨。

“还好。”程子墨简短地回答。

他们走到街角拐弯处，程子墨说：“骑上车吧，我先送你回去。”

两人骑上车，一前一后。李欣淼到家后，程子墨就往自己家的方向骑去。

18

星期六一大早，陆坦还在睡梦中的时候，他的手机铃声响了起来。

网安技术部门的人通知他，监控室被删掉的视频数据全都恢复出来了！

陆坦一听，立马清醒地从床上跳下来，简单洗漱了一下，就赶往局里了。在路上，他给大白、小七和沙弥他们几个打了电话，通知他们加班。大白他们听说数据恢复出来了，也特别兴奋，很快都赶到了局里。

技术部门发现，这些视频数据是在案发当天夜里 12 点左右被删掉的，作案者删除了案发当天夜里 12 点以前，监控设备里录存的所有数据。

沙弥打开技术部门提供的盘，文件存储里显示有几个 T 的数据，他一下子就崩溃了，对陆坦地说：“头儿啊，这么大的数据量，看到猴年马月才能看完啊！”

“你要真给我看到猴年，我就把你变成一只孙猴子！”陆坦敲了敲桌子，“技术部门把监控视频给恢复了出来，对我们的侦破工作一定有很大帮助。海港国际酒店的监控点位非常多，所以我们要查看的视频数据自然会特别庞大。”

“这一个月的数据，都要看吗？”大白问。

陆坦点点头：“当然都要看！但重点是看奥克逊国际拍卖公司从布置展览开始，到发生名画失窃这段时间的视频。嫌疑人应该踩过点，留下过踪迹，不然也没有必要把监控视频全删了。”

“布置展览的时间，是在拍卖前的五天，也就是案发那一周的周二。这个我当时做笔录的时候，了解过。他们是周二搭的展架，周三布置的展览，周四到周六是展览日，周日是拍卖。”小七随身带着工作笔记，他把时间记得很清楚。

“那我们就先从案发当天12点开始，向前倒推至那周的周二，重点先查看这几天的监控视频。剩下二十多天的数据，也要查看。技术部门提供的是酒店所有监控位置的数据，我们都要过一遍。特别是展厅附近的，要严格地查看，每一个到过丢失位置的人，从进酒店到出酒店的轨迹都要盯住了，发现可疑点马上报告。我会跟局里请求增派人手协助你们，你们也跟家里打个电话吧，这几天吃住都在局里了，除了吃饭和必要的休息时间，给我好好盯着。”陆坦让大白、小七和沙弥各带一组人马，加班加点地查看监控视频数据。

陆坦找局领导申请，增调了几名辅警和后勤人员，协助大白他们做这项大海捞针的工作。

晚上，陆坦带着一些水果和面包到局里，他看到小七的眼睛都已经红了。

“怎么样？有什么发现没？”陆坦问。

“目前还没有。要说这海港国际酒店，监控真是多得让人伤神！大厅、会议厅、电梯、客房走道、几个楼层的餐厅等等，几乎是360度无死角的监控，就连楼道拐弯处都能装上一左一右两个监控的。”小七哀叹道。

“这么多监控，我还怕它有死角呢！不管多少，都得一个个仔细地看，不能漏过任何一个可疑点。”陆坦拉了把椅子坐下来。

“失窃名画的展厅，是这个案件的中心现场。围绕这个中心，有关这个展厅的所有出入口以及出入口的延伸之处，都是我们查看视频时，需要高度注意的地方。我们倒推一下，比如，从展厅入口的这条道往外走，不到5米，首先经过一个厕所；再往外走，大约15米左右，走到尽头，往左下三级台阶，是一部手扶电梯，往右走七八米，是三部直梯……”陆坦对地形位置有着很强的记忆能力，“你们还要提高警惕，不要放过任何一个有疑问的地方。预展这两天，来看奥克逊拍卖公司展览的人很多，酒店里人来人往的，各个监控位的视频，都要仔细盯着。”

“只要酒店的监控覆盖到这些位置，我们一定好好查看，绝不放过一只苍蝇！”沙弥拍拍胸脯。

“好了，继续吧，水果和面包我管够，你们自己注意换班休息。有情况随时打电话给我。”陆坦交代完就走了。

18

第二天，周日的早上。

陆坦的手机铃声突然响了起来，他一跃而起，以为是大白他们给他打来的电话，结果一看，是程子墨的。

“子墨，才几点啊？你有事找我？”陆坦双眼惺忪。

“坦克叔叔，你今天，有安排吗？爬不爬山？”电话那头，程子墨问。

“哦，对对，今天是周日，我都忘了。”陆坦想，子墨估计是昨天晚上没等到约他爬山的电话，所以一早打电话来问了。

“那你今天，有时间吗？”程子墨轻轻地问。

“哦……好吧，上午跟你去爬山！你等我会，我现在起床，收拾一下自己。一个小时后到你楼下，你给我带点干粮吧。”陆坦决定上午陪程子墨去爬山。

一个小时后，陆坦开车接上程子墨，开往他们常去的国家森林公园。

在到达第一个亭子后，陆坦和程子墨习惯性地坐下来休息。

“坦克叔叔，你最近很忙吗？”

“对啊，昨天晚上还加班呢。要不是你打电话给我，我都想不起今天是周日了。”

“上回在我家里，我听到你们在谈论八大山人的画丢失的事情，是不是你在忙这个呢？现在画找回来了吗？”

“还没有找回来。不过，之前酒店的监控数据被抹掉了，现在我们终于给恢复出了数据，所以，这会儿大伙正在盯着那段时间的监控视频呢，也许就能有线索了。”

“恢复了数据？哦……那就好了。”

“好啥呀，你知道这得有多大的工作量啊。酒店的监控位那么多，所有的位置都得看，不花上几天时间加班加点地盯着，是看不完的。我下午还得去盯着呢。”

程子墨点点头，喝了一口水，站起身对陆坦说：“那我们继续上山吧。”

一路往上。

他们在第二个亭子稍微休息会儿了之后，就一口气爬到了山顶。

“子墨，你今天的状态不错嘛！我好像是有些体力不支啊，要不是你在前面给了我压力，我都想回头往下走了。”陆坦一边拍打着小腿肚，一边跟程子墨说。

程子墨用毛巾擦了擦汗，递给了陆坦一瓶水：“可能你没有休息好吧……最近为了这个案子，缺少锻炼了。”

“是啊，那么贵重的东西丢了，我们查案子的压力也很大呀。现在技术部门把监控视频给恢复了出来，总算有点希望了。”陆坦继续拍打着小腿肚。

“陆坦叔叔，你说，要是抓到了那个拿走画的人，会怎么处理？”程子墨问。

“坐牢啊！只要证据确凿，肯定是要坐牢的了。”陆坦站了起来，伸展了一下腰和腿，“这个案子，涉案数额大，影响很不好。

局里的领导非常重视，我们也是在加紧办呐。”

“叔你那么忙，我们一会儿就下山吧，今天你不用请我吃饭了，我回家吃就好。”程子墨很善解人意。

“那倒不耽误，再忙，饭还是要吃的。今天我们就简单一些，吃碗牛肉面怎么样？”陆坦拍拍程子墨的肩膀，两人开始下山。

吃完午饭，陆坦把程子墨送回了家，就直奔局里。

大白、小七和沙弥他们已经奋战了近三十个小时了。这会儿，他们把案发前三天的视频刚刚看完。

“这几天的监控，有什么发现吗？”陆坦问。

大白他们都说没有，一切正常，没有发现可疑点。

陆坦坐了下来，对小七说：“你眼睛最红，去休息会儿，我来盯着。”

“陆队，这……”小七有些为难。

“让你去休息，就赶紧去休息吧，后面的工作量大着呢。”陆坦将小七从座位上拽起来，自己则一屁股坐了下去。他带着这一组的协助人员，马上进入盯视频的状态。

小七在一旁的沙发上躺着休息了一个多小时，然后跟大白、沙弥他们换着休息了一番。

晚上，沙弥去外面买了晚饭回办公室，大家简单对付了一顿之后，又进入到工作状态……

通宵达旦，却是一无所获。

太阳已经升起，陆坦忍不住又打了一个大大的哈欠，他站起了身，扭了扭脖子和腰，推开办公室的门。办公室走廊的尽头有一扇玻璃门，门外是一个宽阔的平台。陆坦走到平台上，深深吸了几口气。他刚一转身，立马就用手挡住了眼睛，早晨的阳光已经很刺眼了。

这个时候，大白和沙弥也走到平台上来呼吸新鲜空气。

“陆队，我们都过完了一遍，连前面那些天的也都快速看完了，怎么没有发现什么呀？这不应该啊。”大白很不解地问。

“是啊，陆队，按说监控视频数据都在这里了，各个点位的，视频文件都是齐全的，怎么就没有什么发现呢？”沙弥也是很疑惑地问。

陆坦没有接他俩的话，他问沙弥：“有没有烟？”

沙弥知道陆队在遇到特别棘手的事情时，才会跟他要香烟。他从兜里掏出一包有点皱巴巴的烟，递了一支给陆坦。

陆坦点上了烟，低头深深吸了几口，一不小心呛得咳了好一阵。他掐灭了烟头，对大白和沙弥说：“走，我们开个短会。”

回到办公室，陆坦让几个辅警和后勤人员一起坐下来开会。

“到目前为止，我们基本把曾经被抹掉的监控视频都看了一遍，但没有什么发现。这些视频数据，已经是酒店所有监控位的数据了，数据文件没有遗漏，那我们的重点，或者说是突破口，还是在这些视频文件里。”陆坦分析道，“因此，接下来，我们再来把案发那一周，从周二展览公司开始搭建展架，一直到案发那天 12 点以前，这段时间内的视频，再放慢速度地仔细过一遍。”

18

所有的人，都露出了无奈和沮丧的表情。

陆坦看着大家说："我特别理解你们的心情，但是，案件的突破口，应该就在这些视频数据里，你们打起精神来，再好好过一遍。等这次过完了，我请你们吃大餐。"

"陆队，我们不要什么大餐，到时候啊，你给我们几个放一天假，让我们好好睡上一天，就知足了。"辅警小张说，其他几个人跟着点头。

"这点要求容易满足，不过，大餐也是不能缺的！大家再加把劲儿，加加班，仔仔细细给我过一遍。"陆坦给大家鼓了鼓劲，又说，"你们三个组，把视频数据互相交换一下再看。我去完成上个案子的结案报告，领导已经在催了。你们有什么发现，随时给我打电话。"

19

滨海高级中学在高考期间，给非毕业班的学生放了两天假，程子墨正好可以连着周日和周一休息两天。

周日中午，陆坦跟程子墨吃完牛肉面，就把他送回了家。

程子墨到家的时候，程苏一个人在家刚吃过午饭。最近，滨海大学要举办心理学年会，林绍海作为心理学院的院长，有很多事情需要处理，所以，自前几天出差回来后，就一直是早出晚归，周六日都没有休息。

“子墨，今天回来得那么早？”程苏看到程子墨进家门。

“哦，是的，坦克叔叔下午有事。”程子墨放下背包，去卫生间洗一下脸。

程苏上午在家的时候，林绍海和程子墨都不在。有一阵子，她突然感觉到很孤单。这种感觉，她好像很久以前就已经不再有了。她记得在自己最艰难的那段时间里，刻意地麻痹着自己的神经，麻木着自己的内心感受，坚强地咬着牙，一天天地按照自己制定的目标努力着，坚持着……时光，就在这样的日子里静静流淌，也让她渐渐忘却了孤单的滋味。到了今天，她已经习惯了封存过往，一天天按部就班地工作着，生活着。她觉得活在当下就可以了。

现在，似乎一切都顺心如意了，可是，程子墨的一次“逃课”事件，却像茫茫黑暗中突然的一道闪电，瞬间撩拨了她久已尘封的内心，让她感觉到恐慌、紧张，甚至还有渴望。

但是，她习惯性地选择去回避这种恐慌、紧张和渴望，不希望她的生活再起任何不可预知的波澜。她相信，自己现在这样的生活，已经够好了。她悲观地认为，世间的很多事情，不是你想弄明白就能弄明白的。况且，弄明白了又能怎样？如果曾经的伤痛，真的是一个美丽的误会，那么，只能叹息时光不能倒流；如果不是，那么，残忍的现实将彻底摧毁她心中曾经幻想的美好。所以，既然结局都不乐观，就不如继续回避着吧，活在当下即好。

不过，程苏觉得，陆坦说得对，她需要对程子墨多一点关心，避免类似的“逃课”事件再次发生。她很清楚，自己还是习惯于一家人相安无事、平行生活的状态，任何一种突发和改变，她可能都应对不来，或者说不愿意去面对。总之，按部就班地生活就很好。

程子墨洗完脸，从卫生间走出来。他看到程苏在沙发上坐着，正在翻看一本杂志。程子墨走进自己的房间，正要伸手关门，想了想，又把手缩了回去。

他刚坐下来准备看书，突然想起自己运动鞋的鞋帮有些开裂了。

程子墨爱运动，而他爱的运动——跑步和爬山，都是最费鞋的。

他走到房间门口，对程苏说："妈，我的运动鞋又开裂了。"

程苏抬起头："哦，那我给你再买一双吧。"

"好的，谢谢妈。"程子墨重新又坐了下来，准备看书。

过了一会儿，他听到程苏站起来，走到他房间的门口："子墨，我们去商场吧，给你买鞋去。"

"啊？"程子墨一时竟没有反应过来，"哦……好的！"

这确实让程子墨有些出乎意料。

以往的模式是，他告诉程苏，鞋子小了或坏了，学校运动会要求穿什么样的运动服了等等，程苏就会去商场给他买回来。或者，程苏在商场里看到适合程子墨的衣服，就会直接给他带回来。

大家以为程子墨喜欢的颜色——黑色和白色，其实是程苏喜欢的颜色。

不过，刚刚程苏说要带程子墨一起去商场里买鞋，这在程子墨的记忆里，绝对是第一次！

程苏去房间换了衣服，拎着一个小包走了出来。

程子墨看到程苏穿了一条米白色的及膝裙，腰间系着一条墨绿色的小羊皮腰带，配上白色的小包和同样白色的小跟鞋，知性而不失优雅。

"走吧，子墨，我们开车过去。"程苏拿起车钥匙。

19

程子墨突然感觉到好幸福！他从来就没有奢望过这一幕：他和母亲一起出门去逛街，去吃饭，或者就是简单的出去散散步……

程子墨不由得鼻子一阵酸楚，他低头轻轻揉了揉，心里涌起无限温暖。

程苏开着车，他们很快就到了滨海最繁华的商场。

给程子墨买鞋子很简单，基本上就是那一两个品牌，只要尺码和颜色合适就行。这时，他试了一双黑白相间的运动鞋，觉得长度大小正合适，但就是脚趾那里有点挤；换了一双大一码的，又觉得有些松了，走路不太跟脚，跑步就不合适了。

“这双，怎么样？”程苏从货架上拿起一双鞋给程子墨看。

这是一双鞋帮和鞋口有一圈柠檬黄的运动鞋，总体鞋面是黑色的，但因为有了这一圈的柠檬黄，显得非常有活力。程子墨觉得有些意外，程苏从来没有给他选过这种跳跃的颜色，他自己也习惯了单色的搭配。但是，现在他看着程苏手里的这双鞋子，突然觉得很好看！

他记得李欣淼跟他说过，黑白搭配很干净，很利索；但如果在黑白之外加一点亮的颜色，就会很阳光，很有活力。

好像，真的如此。

“嗯，挺好的。”程子墨回答程苏，“那我试试吧。”

程子墨试了试，又站起来走了走，感觉很舒适。再低头看看鞋，确实很好看，那一抹柠檬黄，一下子跳动在他的心里。

程子墨不由得回身，对程苏笑了笑。

程苏看着程子墨穿上鞋，在镜子前左右照了照。那一抹柠檬黄，在这双鞋上跳动，也在程苏的心里轻轻跳动。程子墨回身，冲她一笑的时候，她心底里最软的情感，就被轻轻触动了一下。

她发现，这种感觉竟然是那么美好！

这个五年前回到自己身边的程子墨，已然长成了一个大小伙，挺拔、帅气。程苏不由得又生出几分自责：这几年，自己好像从来没有带子墨去商场挑选过衣物。以往，每次孩子跟她提出需要什么生活用品的时候，她都会自顾自跑去商场，把需要的物品给买回来。至于什么颜色、什么款型等等，她从来都没有问过孩子的要求，都是按着自己的想法给买了。

当同事们互相讨论起各自孩子穿衣的喜好，或者抱怨孩子跟她们在审美上激烈冲突的时候，程苏会觉得，程子墨在这方面真是挺省心的，从来都是她买什么，程子墨就穿什么。有的时候，她会把程子墨和她之间的这种“求”与“供”的方式，归结为自己的工作太忙了。她认为，在商场里逛来逛去、左试右试的，特别费时间，照准一两个合适的品牌，很容易就把东西给买了。

“妈，那就这双吧。”程子墨轻轻地说。

程苏有些走神了，程子墨的声音把她从思绪中拉了回来。

“好的……我看着不错，你自己喜欢的吧？”程苏问。

“嗯，挺喜欢的，这个颜色，我还没有穿过。”程子墨又轻轻踏了踏脚。

程苏看到对面的货架上挂着几款夏季运动服，其中有一款运动服的颜色跟程子墨的这双运动鞋很相配。她走过去，拿了一套给程子墨："子墨，去试试这套衣服，我觉得跟这双鞋挺配的。"

这是一套速干运动服，上衣和裤子的侧边，都有一道柠檬黄的设计。程子墨从试衣间穿了出来，程苏看了，赞许地点点头。程子墨也看到了镜子里自己的这身穿着，他觉得这可能就是李欣淼说的阳光、有活力。

"你儿子真帅，这身衣服穿在他身上真好看，你很有眼光哦。"柜台的营业员对程苏说，然后又补充了一句，"妈妈长得漂亮，儿子像妈妈，很神气！"

程苏知道很多营业员为了销售，你试什么样的衣服，她都会说好看。但是，今天她听到营业员跟她这么说，觉得特别受用。

"这套衣服和鞋子，你开票吧，我都要了。"程苏对营业员说。回过身，她问程子墨："是换下来，还是穿着走？"

"换下来吧。"程子墨觉得，如果自己要求穿着走，就特别像个小孩子。

"穿着吧，这样挺帅的。"程苏第一次当面说程子墨"帅"。

"哦……好！"程子墨很开心。

营业员帮程子墨剪下衣服和鞋子上的牌子，很羡慕地说："你们母子之间客客气气的，感情真好。我家那个儿子，成天给我捣乱，经常不听话，把我气得不行。要是我儿子能那么懂事，跟我好好讲话，我就满足了。”

程苏笑着说：“我儿子很听话的，而且学习成绩特别好。”

程子墨第一回听到程苏在别人面前如此夸奖自己！今天真是特别开心的一天，妈妈对他的表扬，是他最大的期待。

买完衣服和鞋，程苏和程子墨乘扶梯往楼下走。在二楼的楼梯口，程子墨看到一条特别漂亮的裙子。

“妈，要不然，我们在这一层逛逛吧。”程子墨试探性地问程苏。

程苏今天也感到很开心，很放松，所以她点点头说：“那就逛一会儿吧。”

“袋子我来拿吧，你看看这些衣服，好看的衣服可以试试。”程子墨从程苏手上接过刚才的购物袋。

程苏看了看子墨，正好子墨低头接过购物袋。程苏感动于子墨的这句话和这样的动作，一种幸福感油然而生。

“妈你看这条裙子，我觉得，很适合你。”程子墨大胆地说。这是一条以米白色为主，衣袖和裙角为亮红色条纹的中长裙。衣领处，还有一朵绣得很小巧、很精致的荷花。

程苏用手摸了摸这条裙子的面料，感觉很舒服。

“试试吧，很好看的。”程子墨建议。

一旁的营业员已经机灵地把适合程苏身材的裙子给拿了过来：“试试吧，这条裙子卖得很好呢。”

程苏去试衣间换了裙子走出来。

19

程子墨从坐着休息的沙发上站了起来，仔细看了看正在照镜子的程苏，然后给她竖了一下大拇指。

程苏看到了程子墨点的赞。她看着镜中的自己，那几道红色条纹，果然很提气，让她好像一下子年轻了几岁；而衣领处的那朵小荷花，正恰到好处地衬托着她的知性和优雅。在此之前，她在选衣服的时候，但凡有鲜艳的颜色存在，就首先被她淘汰掉了。她现在觉得，自己以前的选择，可能是太武断了。

"这个红色……行吗？"程苏转身，问站在一旁的程子墨。

"很好看，"程子墨微微笑着说："这样显得妈妈很漂亮，很年轻，跟我在照片中看到的一样。"

程苏一时没有反应过来程子墨说的照片，指的是什么。

"买了吧，"程子墨对程苏说，"等我以后工作了，可以给妈买很多东西。"

这样的话从程子墨嘴里说出来，让程苏一方面感到惊讶，另一方面又特别感动。她猛然觉得，这种母子之间爱的表达，是多么真挚，多么暖心，多么有必要！这么多年，也许是她的缘故，母子俩错过了多少表达爱意的机会！她从未否认爱这个孩子，但确实也从未让别人——比如说陆坦，觉得她有多么关心和爱护这个孩子。

好在，她今天意识到了！刚才一下子沉重的内心，渐渐释怀，她知道以后自己需要做一下改变，而这种改变，是积极的、美好的、幸福的。

程苏去试衣间换下了裙子，对营业员说："帮我包起来吧，裙子挺好……主要是我儿子觉得好看。"

听到程苏说的这句话，程子墨在一旁开心地笑了。

20

逛完商场，已近傍晚。

程苏给林绍海打了个电话，问他晚上是否回家吃饭。林绍海说晚上要去谈事情，所以不回家吃饭了。程苏想着，既然已经出来了，那就不回家做饭了，她开车带着程子墨去上回跟陆坦吃过的那家“粤味道”餐馆吃饭。

华灯初上。

世纪大桥已经披上了五彩的霓虹灯，在晚霞褪尽的夜空下，熠熠生辉。桥南的步行街上已是人头攒动，滨海市新近打造的这条集餐饮、购物和娱乐为一体的街道，吸引着城里各处工作了一天的人们。

程苏把车停在步行街街口的停车场里，然后跟程子墨走去“粤味道”。他们在二楼临街的窗口坐了下来，正好还是上回程苏跟陆坦吃饭的那个位子。

服务员推荐餐厅的海鲜粥，选材都是活蹦乱跳的虾和蟹。程苏爱吃海鲜，所以就点了一份虾蟹粥，又要了几个菜，给程子墨加了一份鲜榨果汁。

“上回，我和你坦克叔叔来过这里吃饭，这家的口味不错的。”程苏对程子墨说。

“哦，看菜单上的图片，就觉得应该很好吃。”程子墨在程苏点菜的时候，把他手中的菜单，匆匆翻了一遍。

“你们学校食堂的晚饭，一般都有什么？”程苏以前好像没有问过程子墨这个问题。

“学校食堂的菜挺好的，荤的、素的都有，每周三还有特价的大排面，一整块比碗口还大的排骨，放在面条上，我特别爱吃。”程子墨用手比画着。

程苏看着程子墨的比画，不由得想起当年在大学里，她也特别爱吃大排面。大排事先都用酱汁红烧好了，一块块排在餐盘里，诱人的香味，常常引得学生们排长队去打面条。

不过，这种回忆，程苏很快就打住了，她不想去勾起令人心碎的往事来。转而，程苏觉得，程子墨跟她一样爱吃大排面，可能就是血缘的奇妙之处吧。

服务员端上来两个菜，程苏就让程子墨先去洗个手，然后开始吃饭。程苏看出程子墨已经有点饿了，所以给他的碗里夹了几块肉。

程子墨开心地埋头吃着，他觉得今天的自己，在程苏面前，一会儿是个小孩子，一会儿又是个成熟的小男人，在这样的角色里切换，他感觉到很幸福。

海鲜粥端上来的时候，程苏正好接了个电话。程子墨就给程苏盛了一碗粥，把膏蟹的黄膏都舀到了她的碗里。

20

程苏接完电话，又把黄膏的一大半夹给了程子墨。程子墨喝着粥，突然想起上回在陆坦电脑里看到的那张合影照片。陆坦当时只是告诉他，这是他们高中毕业之后拍的照片。

程子墨对这张照片充满了好奇。他知道程苏、陆坦和林绍海他们曾经是同学，也是多年的好朋友，但是他几乎没有听他们三个回忆过往事。若不是看到了那张合影照，程子墨对于父母辈的过往，还没有生出好奇的心理来。不过，也许是到了一定的年龄吧，高中阶段的学生，对于男女生之间介乎友情与爱情之间的情感，总有一份探究的欲望。

“妈，那天我在坦克叔叔那里看到一张照片。”程子墨忍不住说了。

“什么照片？”程苏放下了喝粥的勺，问程子墨。

“是你跟坦克叔叔和大海叔叔的合影照。”陆坦说。

“哦？”程苏一时还没有反应过来。

“坦克叔叔说，那是你们高中毕业之后拍的照片。”程子墨用手比了一个相框的动作，“妈妈那时候，好漂亮！”

“你在坦克叔叔家里，哪个地方看到的？”程苏想起了那张合影。

“在他的电脑里啊，他把这张照片当作了电脑的桌面。”程子墨说，“上周，坦克叔叔让我帮他修电脑，他的电脑坏了很久了。”

“桌面？哦……你把他的电脑给修好了？”程苏问。

“是啊，我会修。我还帮同学修过电脑的。”程子墨在程苏面前说这句话的时候，感到很自豪。

程苏记得，在程子墨初中毕业的那个暑期，他去上了一个电脑编程的兴趣班。尔后高一的暑期，他又继续去学了一段时间。程子墨的优点是，只要他学习某样东西，他就能把它学得很好，很愿意花时间去钻研琢磨。

“我的电脑现在用起来特别慢，启动就是好半天，你回去帮我看看？”程苏的电脑最近确实出了问题，用起来很不趁手。

“好啊！”能替妈妈做些事情，程子墨很开心。

“那，你们三个，是很久很久的朋友了？”程子墨还是想问程苏这个问题。

程苏本想回避这个话题，但是程子墨问了，而且明显是非常好奇，所以，她决定回答他一些问题。

“是的，我们是同学。初中时候，就已经是同学了。”

“啊，那么早？那你们认识……”程子墨不由得开始掰着手指算时间。

“到现在，是二十多年的朋友了。”程苏放下了筷子。

“我看到那张照片，觉得那个时候，坦克叔叔最搞笑，他好像很紧张，也很激动的样子。”

“嗯，那是我们第一回合影。”在程苏的脑海里，这段时光已经变得很模糊，甚至快要淡出她的记忆了。所以当程子墨问起照片时，她一时没有反应过来。但是，当她的回忆被激活的时候，

20

往事便如潮水般涌上心头。

那一年的夏天，那一个吹着柔柔海风的午后，程苏一步步地踩着软软的沙滩，将自己压抑许久的心情渐渐释放。对于两个好朋友，她有着无尽的不舍，又寄予了无尽的期待。她珍惜他们之间的友谊，更希望这种友谊能够天长地久。她喜欢陆坦，喜欢这个从小学开始就处处维护自己，时不时逗她快乐的男生；她爱慕林绍海，爱慕这个有着沉着性格和坚定志向的男生。在程苏的字典里，喜欢和爱慕，是非常清楚的两个不同概念。

高考后的两个多月，看似很漫长，实际却也是时光飞逝。程苏心里，随着开学日子的临近，越发地不舍。

她不舍林绍海，希望能跟他在同一个城市上大学。林绍海问过她的填报志愿，她选择的是北京的 GM 美院，所以林绍海也选择了北京的大学。然而，命运就是这样的捉弄人，程苏没能考上 GM 美院，去不了北京；但是，林绍海却考上了北京的大学。

她同样不舍陆坦，但那种不舍是作为多年同学的不舍。算起来，程苏和陆坦是 12 年的同学加朋友了，她欣赏陆坦的率真与开朗，也感激陆坦对她的关心与照顾，她甚至已经习惯了陆坦在身边的感觉。

程苏记得，那次海边游玩之后，是她鼓足勇气，提议三个人一起合个影的。她有些害怕，害怕他们就此渐渐少了联系，以至失去友谊。她觉得，拍个合影挺好，可以证明友谊的存在，也给大家留下美好的记忆。

开学的时候，程苏就把这张照片放进自己的行李箱，带到了学校。有这张照片在身边，她的心里，似乎就有了安慰。

“妈，我们家，有这张照片吗？”程子墨的问题，把程苏从回忆里拉了回来。

“我们家？哦……没有了吧。”程苏重新拿起了勺，喝了一口粥。

“那，大海叔叔那里……有吗？”程子墨问。

“这个……很多年了，可能也没有了吧。”程苏心里不确定。

“哦……”程子墨觉得，这么多年，坦克叔叔将这张照片依然保留着，而且还作为电脑的桌面，说明他是最重感情的。想到这里，程子墨突然又冒出了一个问题。

但是，他不确定，能不能问程苏这个问题。

不过，就今天一天来说，母子关系的变化，已经大大超出了程子墨的预期，让他有了“得寸进尺”的念头和胆气。

“妈，我还有个问题。”程子墨喝了口果汁，决定继续发问。

“嗯，说吧。”程苏不知道程子墨又要问什么。

“我……就是瞎问问。”程子墨有点担心程苏不高兴。

“问吧，是什么问题？”程苏觉得程子墨有点吞吞吐吐的。

“那个……坦克叔叔，是不是喜欢你呀？”程子墨说出口之后，又有些后悔了，他赶紧把头低下来，用勺舀着粥，一连喝了好几口。

20

程苏确实没有想到程子墨会问她这样的问题，一时竟不知如何回答。她知道，以往的程子墨是绝对不会问她这样的问题的。但今天，她迈出的一小步，却让母子感情增进了一大步。程子墨敢于问她这样的情感问题，倒是说明，他们母子之间的关系又近了一层。

“你觉得呢？”程苏没有回答程子墨的问题，也确实不知如何回答他。

“我觉得是。”程子墨很肯定。

程苏笑了笑，又摇了摇头：“那些，都是过去的事了。坦克叔叔很喜欢你，周日经常带你去运动，还请你吃好吃的，你要多听他的话。”程苏从心底里，非常感激陆坦对程子墨的付出。

程子墨点点头说：“我会的。”想了想之后，又低声加了句，“我觉得坦克叔叔比大海叔叔亲。”

程苏知道，这是孩子内心的真正感受。她不否认林绍海在家庭观念上把程子墨当成自己孩子，但在实际行动上，陆坦确实做得更多。

21

吃完饭回到家，林绍海加班还没有回来。

程子墨洗完澡，就去房间看书了。

程苏把新买的裙子挂在衣橱里。她发现，在一群素色的衣服里，新裙子的几处亮红色就像跳动的小音符，彰显着青春与活力。她忍不住在洗完澡之后，又套上了这条新裙子，在卧室的梳妆镜里静静地看着自己。

程苏不知道有多久没有在镜子前仔细端详自己了，但是她记得自己从小就喜欢照镜子的。在小镇上的那个家里，有一面很大的穿衣镜，安在家里过道处的墙上。程苏每次出门上学，都要在镜子前照上好几回，看自己的头发有没有梳理好，衣服有没有穿整齐，红领巾有没有佩戴上。程苏觉得，自己可能是受了父亲的影响。父亲是一所中学的教导主任，平日里很严肃。他每天上班前，都要在穿衣镜前检查自己的头发是否齐整，着装是否妥当，皮鞋是否干净。父亲曾经跟她讲过：穿戴整齐，是对别人的尊重。

看着镜子里的自己，程苏感叹青春飞逝，时光流转。这些年来，自己仿佛像一台机器一样忙碌地运转着，用工作把自己的生活填得满满当当。一开始，职称评定成为她的努力目标，为此她天天跑图书馆，看书、写文章，参加学术活动，三年时间，就把副教授的头衔给拿下了。尔后，她开始带研究生，讲授的课程也增加了不少，相应的社会活动也多了起来。

忙，成为了她生活的一种常态。

而且，程苏害怕闲下来，因为闲下来就会有时间去想不愿意想起的事情。

比如现在。

程苏看到了眼角的鱼尾纹，看到了渐渐褪去的青春。

她记得在一本书里，读到有人把青春比作一趟呼啸而过的列车，那时的欢笑也好、泪水也罢，终将在一个个站台上渐行渐远。程苏觉得这样的比喻就是为她写的，呼啸而过之后，渐行渐远。褪去的青春，是成熟的代价。

她一直告诉自己，就这样，活在当下，简单挺好。

然而，程子墨今天问的问题，却把程苏从呼啸的列车上拽到了站台。程苏一直不愿意打开的回忆的闸门，就这样轻轻松松地被程子墨给撞开了。

程子墨问：坦克叔叔是不是喜欢你？

程苏觉得，这是个问题，也不是个问题。对于程子墨而言，这确实是个问题，因为就算在程子墨面前，陆坦也从不掩饰他对程苏的好感，已经是高二学生的程子墨哪能看不明白？但是对于自己而言，这又不是个问题，她与陆坦之间的情感，已经是一种让她放心依靠的亲情，她相信林绍海也是这么认为的。

无论如何，她还是要感谢上苍，虽然经历了怀疑失望，经历了坎坷磨难，兜兜转转，林绍海与陆坦，最后还是存在于她的生命里。

触及过往，程苏感到了一阵心痛！

这种心痛，很久远却又那么熟悉地，拉着她，一路在站台上往回跑……

此刻，她仿佛又站在了大学的校门前。

其实，严格意义上，当时这还是一所工艺美术的大专院校，还没有升格为学院，称不上大学。

程苏是怀着失落的心情，开始她的学习生活的。唯一的寄托，就是她想念的朋友——林绍海和陆坦，她把他们三个人的合影照放在了枕头旁边的盒子里。

她盼着他们的来信。

她记得他们在海边玩的时候，都说好要给她写信的，陆坦还说第一个学期就要来看她。

新生刚开学，班上的信件收发员是最受同学们欢迎的人。几乎每天早上上课前，收发员都会去校门口的传达室信箱里取信。每次，程苏都信心满满地等待收发员递给她信，但每次又都非常失望地发现是空欢喜一场。

第一周，她没有收到他们的来信。

第二周，她也没有收到他们的来信。

偶尔收到的信件，是高中其他同学的来信，虽然她也欣喜，但总是感觉心里空空的。

有一次，她在宿舍听到室友说起其他学校都在军训的事情后，她一下子又不那么失望了。她猜想，陆坦肯定是要军训的，因为他在警校；林绍海在北京，肯定也是要军训的。所以，也许他们实在没有时间写信呢。

她继续等待着。

一个月过去了，程苏没有收到他们的来信。

她又开始有些失落了，但是转而，她觉得应该离收到信的日子不远了，一个月的军训总该过去了吧？

国庆放假，她回了家。她猜想，林绍海和陆坦，可能不一定回来，因为他们都比她离家远得多。

假期结束，回到学校之后，她又开始热切地期盼着。

可是，又一个月过去了，她还是没有收到他们的信。

她失望至极！失望到躲在操场的角落里痛哭流涕的地步！

她悲伤地觉得，他们已经忘记了她。

自此之后，她的眼神不再追着收发员，只是自顾自埋头，看着一个字都看不进去的书。

放寒假前，学校有个社团推出了冬季“采风”活动，利用寒假时间，去古镇“采风”，开学后办一个展览。程苏有天从食堂门口经过，被一群社团的同学围住发宣传单。程苏有些犹豫，她不确定放寒假回家，林绍海和陆坦会不会去找她。她心里很矛盾，既希望他们来找她，又有些赌气，想故意不见他们。

于是，程苏报了社团的冬季“采风”活动，一直到了腊月二十三才回到家。刚回到家没两天，程苏的父亲就带着一家人去老家陪老人过年去了。

程苏不知道，在她“采风”回来前和下乡过年后，陆坦和林绍海都来找过她。但就是这样的阴差阳错，让程苏以为他们俩差不多都把她给忘记了。程苏曾以为过年她不在家的日子，也许，他们来找她见不到，会留信息在报箱里。她从老家一回来就翻报箱，但可惜什么都没有翻到。

在程苏看来，这两个人，谁都没有来找过她。她曾想打电话给他们，但是又觉得如果这样，女孩子的一点小矜持，就全部都丢掉了。于是，她又胡思乱想，觉得自己那时候要求拍合影照，是不是就已经丢掉了矜持？

程苏走到窗前，看着窗外的夜色。

一轮弯月孤零零地挂在空中，作为同伴的星星们，却都躲藏在被城市灯光照亮的天空里。她觉得自己似乎也是孤零零的，她的那些星星们曾经都躲到哪里去了？但是，就像月亮从来不问星星去哪了一样，她也觉得再没问的必要。月亮就这样自顾自地穿行着，她也就这样按部就班地生活着。

程苏觉得，人生旅途中，命中注定，有些人会跟你相遇，有些事会跟你牵连，你无从躲避。同样，有些人会走散，有些事会带着遗憾终结，也无可改变。

21

如果当年早一些时候和林绍海或者陆坦联系上了，或许一切都会和后来发生的不一样了吧。

可是人生，真的没有那么多的如果。

那次冬季“采风”，她的水墨画《古镇残荷》在开学展览时，被评为“最有感染力”的作品。因为这件作品，程苏成了学校新生中的名人；也因为这件作品，程苏认识了学校的青年教师吕清。

吕清是当时的评委会老师，当他看到程苏的《古镇残荷》时，一下子就被作品的沉郁气息所吸引。他很想看看，能够画出这种风格的人，会长什么样？

在社团的颁奖活动上，吕清见到了程苏。这次，就像被程苏的作品一下子吸引了一样，他又一下子被程苏这个人给深深吸引住了。他看到的，是一个面容如此清秀的女孩，穿着一件米白色的修身毛衣，长长的头发被一根黑色的皮筋松松地绑着。

吕清的心，从未如此被打动过。

他忍不住又多看了两眼程苏。这次，他从程苏的眼神里，读到了一点淡淡的忧伤。他觉得，这种忧伤的气质，完全就是《古镇残荷》给他的感觉。他太喜欢这种感觉了！在他看来，艺术家就应该有这种让人感动的忧伤气质。

吕清顿时激动万分。

他很自信地觉得，他懂她。哦，不对，应该说，唯有他才能懂他！他甚至很自负地觉得，只有他吕清，才配得上有这种特殊气质的女孩。

而此时的程苏，完全没有注意到那双炙热的眼神。新学期开学到校才两周，虽然她的“采风”作品《古镇残荷》收获了很多的赞誉，但是她还是开心不起来。她觉得，没有什么比被好朋友遗忘更让人伤心的了。她会胡思乱想，总觉得是因为自己没有考上好的学校，所以才会出现这样的事情。于是，她又不由得回归到高考失利那段时间的郁闷和失望中。

有一天，她听到室友们聊天，说到学校信件经常有被误放信箱的事情。她听了听，忍不住问:“信怎么会被放错信箱呢？”

“据说在我们学校，这是常有的事。比如艺术学和艺术设计学这两个专业，信件就经常被放错信箱。有些是对方写信写错了，有些是邮递员交给门口传达室之后，传达室的人给放错的。”程苏的室友告诉她。

“那要是弄错了，还能找回吗？”程苏的心里，突然有了一丝希望。

“传达室有一个蓝色信箱，专门放那些弄错的信。班级里的收发员把不是本班同学的信退回传达室，传达室那个老阿姨总嫌麻烦，就把这些信统统扔到了这个蓝色信箱。我也丢过几封信，去那里找了，但是没有找到。寒假回去听我同学说，她们寄给我的信有些被退回了。”室友无奈地说。

程苏心里的一丝希望，又落了下去。不过，她决定去传达室看看。她觉得，有可能是自己太悲观了，收不到信件，总怀疑是她的朋友们没有给她写信，她居然都不知道传达室还有这样的信箱。

万一，林绍海和陆坦，写错专业了呢？

程苏在传达室的蓝色信箱里翻了很久，她发现有些信件的信封都被翻烂了。在翻找信件的时候，程苏无比仔细，生怕错过任何一封林绍海或者陆坦的来信，她的心噗噗乱跳，紧张地期待着。

然而，最终，她无力地关上蓝色信箱的门。

一无所获。

传达室的老阿姨看程苏翻看了那么久，就问她是哪个专业的。程苏指了指信箱，说："国画系。"

老阿姨埋怨开了："你们国画系和那个绘画系，寄来的信是最乱的，有写成中国画系的，有写成书画系的，有写成画画系的，也有写成中国绘画系的，我都不知道该给你们搁哪个邮箱！"

"可……上面有名字啊！"程苏喃喃道。

"这，我哪知道哪个名字是哪个班级的呀。你们新生的信件最多了，你们这一届，比以前的都要多很多……"

返回宿舍的路上，程苏的心仿佛被掏空了一样。她走到图书馆后面的小河边，迎着寒风，任由泪水哗哗地流。这一刻她发现，在她的心里，林绍海和陆坦是那么的重要！她不知道究竟是他们的友谊出了问题，还是学校的信箱出了问题。可是，即便如此，自己依然没有勇气去找他们求证！

她有些恼恨自己的矜持，但是她又无法去突破这份不该有的固执。

22

当程苏在小河边独自流泪的时候，恰好有一个人骑着自行车从那里经过。

那个人本是好奇地回头看了一眼，却惊奇地发现竟然是那个让他激动万分的程苏，那个有着忧郁气质的女孩。

吕清停了下来，把自行车车头转了个 90 度的方向，来到程苏的身边。

“你，这是怎么了？”

程苏正沉浸在自己的悲伤当中，没发现吕清骑着车过来。这会儿猛地听到吕清的问话，不禁吓了一跳。

吕清看到了一双泪眼婆娑的眼睛以及一张冻得发青的脸。

程苏看到面前突然出现了个人，一时不知如何回答，赶紧用手擦着眼泪。

“你没事吧？”吕清关切地问，“我是吕清。”

“哦……没事。”程苏听到吕清的名字，觉得很熟悉，她一时没想起在那里见到过。

“上次你的作品获了奖，我当时是评委。”吕清发现程苏似乎不知道他是谁，所以解释了下。

"哦……吕老师。"程苏想起社团活动时，看到过桌签上有这个名字。

"你的《古镇残荷》画得太精彩了，所以我记住了你，我知道你叫程苏。"吕清说完这些，盯着程苏很直接地问，"你这是怎么了？和……男朋友吵架啦？"

"哦……不，不，不是的。我……嗯，家里有些事。"程苏有些语无伦次。

"你没有男朋友吗？"吕清没想到自己那么直接，就问出了这句话。

"嗯……没……没有。"程苏避开了吕清的目光，她觉得被问这样的问题实在太尴尬了！

吕清却是无比的欣喜。他拍拍程苏的肩膀说："没事就好，回去吧。呃，要不然，我请你去喝一杯奶茶？"

"不，不用了，我回宿舍了。"程苏说完，赶紧就往宿舍跑。

程苏一边跑，一边觉得今天简直太不幸了：首先是没有找到林绍海和陆坦的信，然后就是在小河边哭被老师撞见，最后还被直接问到有没有男朋友！

这个吕清老师，她连长什么样都没有看仔细。不过，一个老师，怎么会问她这样的问题呢？真是让她不知所措。

程苏回到宿舍，心力交瘁，倒在床上整整睡了一个下午。睡梦里，她似乎又梦到了海边的场景。这个梦，从去年开学到现在，已经做了很多回，梦的结尾也都差不多，她在海滩上寻找着一样丢失的东西。不过，这一次梦的结尾，她没有再寻找东西，而是被梦中突然下起的大雨给“淋”醒了。

醒来之后，程苏发现她的室友们都出去了，就剩下她一个人。于是，在渐渐黑下来的屋子里，程苏呆呆地坐了很久很久，想了很多很多事……

最后，她决心让自己变得忙碌起来，不再傻傻地等待。

那天之后，程苏开始报名参加一些社团活动，关注起学校的各种讲座，一有时间就去学校的画室画画，或者跟室友们去图书馆看书。

到了这个学期期中的时候，程苏班上教美术史的老师突然生病了，学校派了一名老师来接替。程苏惊讶地发现，接替美术史老师的竟然是吕清！

“大家好，我是吕清，从现在开始，由我来继续美术史的课程。”说完这句开场白，吕清意味深长地看了一眼程苏。

程苏赶紧把头低了下来。她没有想到是这个看到她在小河边流泪，又来问她有没有男朋友的人，来给他们班上课。

吕清的到来，一下子吸引了班上女生们的目光。

“好帅啊！”

“你看他的头发，好有艺术家气质。”

同学们在窃窃私语。

程苏偷偷抬头看了一眼吕清，她发现，这是一个很年轻的老师，大约一米八的个子，穿着很清爽，略带自然卷的头发有一点点发黄。

当天晚上，女生宿舍里的卧谈会，主题就是吕清了。

程苏听着室友们在那里各种八卦。

“学校要是早点安排这位帅哥来给我们上美术史，我肯定就不会觉得这种‘史’的课枯燥无聊啰。”

“听说这位帅哥，不仅教美术史，还教油画呢。”

“那你们觉得，他有没有女朋友？”

“他这样的帅哥，肯定有大把大把的美女往上贴，只能说有没有固定的女朋友吧？”

“别这么说，听说这位吕帅哥是从 GM 美院毕业的，现在正在考研呢。”

程苏听她们说到“GM 美院”，心里不禁“咯噔”了一下，那可是她梦中的艺术殿堂呐！

她不禁对这位吕老师生出了一点好感。

女生们都期盼着每周三的美术史课。吕清老师似乎也知道女生们都喜欢他，于是在课堂上讲得妙语连珠、神采飞扬。讲到得意之处，他会向程苏投去热辣辣的目光，把程苏羞得满脸通红。幸而，女生们都被吕清吸引着呢，没注意到程苏脸上的变化。

有次课后，吕清让程苏留一下，说要问一下开学时“采风”作品展的事。程苏因为在那次活动上获了奖，所以同学们对于老师让程苏“留一下”这件事情，没有一点猜测和怀疑。

22

等到教室里只有程苏一人的时候，吕清问她：“周六我们有个活动，你要不要一起去？”

程苏轻声问：“是什么活动？”

“郊外有个农庄，那里有片很大的水面，农庄里养了很多家禽，我们去写生。”吕清对程苏说，“艺术家需要接接地气，一起去吧。”

程苏倒是很喜欢农家的生活。每年过年，父亲都要带她们回农村老家过年，她很喜欢贴近大自然的田园生活。

“那……好的，我需要带点什么？”程苏稍稍想了想，决定还是去吧。

“写生用具我们都有的，你不用带什么。周六早上 7 点半，学校西门口见，我们包了一辆车去。”吕清看到程苏答应了，心里很高兴。

周六早上，程苏如约坐上了车，与吕清他们一同去郊外。吕清把车上同去的两个人介绍给了程苏，他们都是吕清的大学同学，这周出差经过这里，吕清带他们去郊外转转的。

吕清的同学看到吕清带了一个漂亮的女孩一起出游，不住地夸赞：“女朋友很漂亮啊，吕清。”

“啊……哈，她是我的学生，叫程苏。程咬金的程，苏东坡的苏。”吕清介绍得很开心。

“我是吕老师的学生……吕老师说，是去郊外的农庄写生。”程苏轻轻地辩驳了一下。

“不是说去写生的吗？还以为会有社团的其他同学呢。”程苏心里想着，感到很纳闷。

不过，在车上她不好直接问吕清，所以就一边看着窗外的风景，一边听着他们的聊天。恰恰他们聊的话题，就有回忆大学生活的内容。他们“GM美院”长、“GM美院”短的，把程苏的心一直牢牢地牵在那里。

差不多一个半小时以后，他们到了目的地。

程苏一下车，就看到了一个竹制的牌楼，上面写着“双清农庄”四个字。她觉得这几个字的写法很熟悉，再一看，旁边的落款是“吕清书”，她恍然大悟，怪不得看着熟悉。

吕清看到程苏在看牌楼上面的字，心里挺高兴。

“怎么样？这是去年的时候，老板抓着我，非让我给写的。”

“哦，挺好的，写得挺好。”程苏回答。

吕清的同学倒是不客气：“吕清，你什么时候开始练字的？以前就数你最让书法老师头疼。”

“瞧你们这话说的，我也是要进步的嘛！在学校宿舍里住着，晚上闲来无事，就画画练字，修养身心。不像你们，到处出差，把自己的技艺都给丢了。”吕清跟他的同学们打趣着。

他们一边聊天，一边走进农庄的大门。

程苏发现，这个农庄真是别有洞天。刚进大门往右一转，眼前立刻就出现了一片很大的水面。水面上，修了一条蜿蜒的栈桥，可以从河的这一端一直走到河的另一端。围绕着河面一圈，都是农庄的房子。

沿着河岸，种了很多花花草草，有一片小竹林还搭配了几座假山。在竹林脚下的水面上，一群白色的鸭子，悠闲地在水面上轻轻游动。有一对鸳鸯，在栈桥底下安静地休憩。

吕清介绍说，农庄里，住宿的房间、吃饭的餐厅和娱乐设施样样都有。在水面北侧，房屋的后面，还有一大片蔬菜地。在农庄里吃到的蔬菜，都是后面的那片蔬菜地里摘来的。

这时，老板模样的人走了过来，热情地招呼着他们。老板似乎跟吕清很熟，他让吕清带大家到处走走，他去准备中午的饭菜。

“我俩去那里转转，你们俩也可以到处走走看看。”吕清等老板一走，就对他的两个同学使了个眼色。

两个同学假装生气地用手指了指他，然后笑嘻嘻地转身走了。

“怎么，不一起？”程苏不解地问。

“跟他俩逛有什么意思，走，咱们去栈桥上走走。”吕清想拉起程苏的手走，程苏本能地缩回了手，插进了衣服兜里。

吕清笑了笑，转而用手拍了拍程苏的肩膀说：“走吧。”

程苏跟在吕清的后面，她被吕清刚刚的行为有些吓着了，所以，一时没有说话。

吕清走到栈桥的中间停了下来。

程苏也停下了步子。

“你看。”吕清用手指了指水面。

程苏看到有两只鸳鸯，从栈桥底下往河边的石头处游。

“我们两个，惊扰到它们了。”吕清侧头看着程苏，微微笑着说。

程苏虽然没有迎着吕清的目光，但她已经感受到了一股火辣辣的热量。

“哦……我们的脚步声，太大了。”程苏胡乱回答着。

吕清看到程苏靠在栈桥的栏杆上，他也稍稍凑近程苏，倚靠在栏杆上。

程苏不由得往左边挪动了一下下，一时感到很尴尬。

吕清反而很喜欢这种感觉，他觉得程苏这样的行为，越发吸引他。他忍不住问程苏：“你，好像很怕我？”

程苏有些懊悔，自己那天怎么就答应了跟吕清一起来写生了呢？现在这样的场景，她真不知道该如何处理。

程苏正有些不知所措，而吕清却好像特别想知道他问出的这个问题的答案。他就这样侧着头，直直地看着程苏。

程苏不好意思地把头转向另外一边，一边用手拨了拨头发，一边离开栈桥的栏杆，往后走了几步，假装去看栈桥另外一边的风景。

吕清跟了过来。

程苏怕吕清继续向她发问，所以，她没等吕清开口，就赶紧转移了话题：“我们不是来写生的吗？什么时候开始？”

22

吕清被程苏这么一问，也觉得再继续问刚才那个问题，已经不合适了。他用手指了指河对岸炊烟袅袅的地方说："老板正在给我们做饭呢，吃完午饭再说吧。"

程苏看了看手表，这个点离午饭时间还早，她觉得跟吕清再这样继续往下走，自己怕是应付不来了。她想到了个主意，不如借口去上个厕所吧，在厕所里多待一会儿，然后自己一个人再到处走走。

"不好意思，吕老师，我去下洗手间。洗手间……在哪儿？"

"我带你去吧，就在刚才进来的地方，左边的拐角里。"

"啊，不用不用，我自己去……你先往前走吧。"程苏慌忙回答。

吕清看着程苏跑远的背影，心里一时有点不舍。他能感觉到，程苏跟他待在一起很紧张，故意想要躲开他。但就是这样的感觉，让他心里特别满足。他觉得越是这样的程苏，他越是喜欢。

23

中午时分，老板做好了一桌菜，喊他们几个吃饭。

程苏去完厕所之后，到农庄后面的蔬菜地里以踩蚂蚁的速度转了一圈，她在那里没有碰到吕清和他的同学，觉得这样挺好，免除了很多尴尬。

吃饭的时候，吕清让程苏坐在他的左边。程苏在这种场合下，不好意思拒绝，就惴惴不安地坐了下来。老板拿来了自家酿造的米酒，招待吕清他们。吕清给程苏也倒了半杯，让她尝尝老板娘的手艺。

席间，吕清几次都给程苏夹菜，让吕清的同学调侃了好几回。老板则笑眯眯地看着吕清和程苏，还端着酒杯祝福他俩。程苏觉得这顿饭的时间是她有生以来最难挨的，她已经完全不知道该怎么处理了，只是机械地端起酒杯轻轻碰碰嘴唇。她的耳朵里，也不知道是听到些什么暧昧的祝福词了，只是期盼着尽快结束这顿午餐。

吕清因为高兴，所以喝了好几杯。米酒的后劲，让吕清和他的两个同学都有些头晕。于是，吃完饭后，老板安排了几间房间让他们休息。

23

吕清的房间，就在程苏的旁边。程苏一进屋，就关上了门。她刚要去洗个脸，就听到了“咚咚咚”的敲门声。

程苏打开门一看，吕清站在门口。她还没来得及问他有什么事，吕清直接走了进来，脚步有一点点踉跄。

“你……吕老师，你有什么事吗？”程苏被吕清猝不及防闯进来的动作，吓了一跳。

“小苏，我就是想来看看你，看看你中午……有没有吃饱。”吕清看到屋里的椅子，就坐了下来。

“哦……我，吃饱了，吃得很好。”程苏说完，突然觉得自己肚子里其实是空空的，并没有吃多少。

“我看你一直没有吃东西，是不是，饭菜不合你的口味？”吕清因喝了酒的缘故，眼睛红红的。

“没有……没有，我吃饱了……真的吃饱了。”程苏觉得自己说得很违心。

“你一定没有吃饱……没有吃好。要不然，我现在带你出去，让老板重新给你做几道菜。或者，去外面，咱们再吃一点？”吕清建议道。

“不用了，真不用了……我不饿，真的。”程苏觉得，刚刚那顿饭已经尴尬透了，现在她完全不想再去做跟吃饭有关的事。

“小苏，老板跟我很熟，我们有交情的……哎，你是不是不高兴了？”吕清看了看程苏的脸，他觉得程苏的脸色不好看。

“没，没有。吕老师，你……回屋休息一会儿吧，你们中午……都喝了那么多。”程苏忙回答。

“小苏，你这是在关心我吗？我……确实感觉有点多，上次也喝了，没有这次多。我有点头晕。”吕清按了按自己的太阳穴。

“小苏，我想跟你说说心里话。”吕清想要借着酒劲，跟程苏表露自己的心迹。

程苏的心“怦怦怦”地跳起来，她不知道吕清想要跟她说什么，却好像又知道吕清接下来要说的话。

吕清站起来，他先轻轻地把门关上，然后走到程苏的面前：“小苏，你知道吗？自从第一眼看到你，我就喜欢上了你。哦，不不，其实自从我第一眼看到你的作品《古镇残荷》，我就被那种忧伤的气质给深深吸引了。再后来看到你，我……我觉得我的人生有了新的奋斗目标！你，就是我的目标，我的梦想。”

程苏听得面红耳赤。

“哦，小苏，你知道你有多么迷人吗？在我眼里，你就是一朵娇羞开放的荷花，多么纯洁，又多么孤傲。世间的凡夫俗子，哪能配得上你的美好？可是，我是真心喜欢你的，我也是有理想有追求的，我可以配得上你；或许也只有我，更能懂你。小苏，你知道吗……”

程苏第一次听到那么直白、那么灼热的示爱之语，第一次感受到那么直接、那么火辣的眼神。

这个吕清，是学校里多少女生心目中的白马王子！而此刻，他就站在她的面前，用火辣辣的眼神看着她，诉说着世间所有女孩都爱听的甜言蜜语。

程苏就这样站在那里，静静地听着吕清的表白。这会儿，她的心倒是反而渐渐平静了下来。

她有些佩服吕清，佩服他的敢爱敢言。

如果是林绍海呢？林绍海肯定说不了那么多直白的话。

如果是陆坦呢？陆坦肯定也没有吕清说得那么肉麻。

程苏发现自己略带慌张地听着吕清说着表白心迹的话，心里却在做着与另外两个人的比较，这个场景有一点点搞笑，也有一点点悲哀。她以为自己自从翻找传达室的蓝色信箱之后，就开始把那两个人给尘封了。却没有想到，在这样的情境中，自己满脑想的都是他们。

吕清把心里话一股脑儿地全部抛向了程苏，却发现程苏有点心不在焉。他有点恼急了，一把抓住程苏的手："小苏，你有没有听到我跟你说的话？我刚才说了那么多，你、你是怎么想的？"

程苏想要挣脱吕清的手，无奈吕清抓得太紧，根本挣脱不了。

"吕老师，你……你喝多了，你回去休息一会吧，你……"程苏发现，她越是挣脱，吕清就抓得越紧，手指都已经有些疼了。

"小苏，我想，你一定也是喜欢我的，对不对？"吕清的发问，让程苏已经无法回答了。程苏觉得，吕清一定是喝得太多了，才这样抓着她不放的，等到他酒醒了，肯定不会这样的。

可是，程苏已经无法忍受手指的疼痛了，“哎呀……”她禁不住叫了出来。

“怎么了？怎么了？”吕清不解地问。

“我的手……我的手，好疼。”程苏痛苦地说。

“啊……”吕清赶紧松开了手，他发现，程苏的手已经被他抓得手指发白，手指的皮肤都一时粘在了一起。

程苏搓着手，她觉得所有指关节都在隐隐作痛。

吕清也觉得自己刚才太使劲了，他一边说着“对不起”，一边想端起程苏的手来看看，但是被程苏转身躲过了。

“小苏，对不起，你知道，我……我刚才有点太那个……激动了，对不起啊。”

“吕老师，你……喝多了。你回去休息会吧，下午……下午不是还要写生吗？”程苏说着，赶紧走到门口去开门。

吕清慢慢走到门口：“好吧，你也休息一会。大概一个小时之后，我来敲你门，我们去写生。”

吕清一走出门，程苏赶紧把门关上。

程苏背对着靠在门上，她的心又“怦怦怦”地跳了起来，刚才的一幕，她觉得就像在梦里一样。她轻轻地揉着有些僵硬的手指，却似乎还能感觉到吕清双手的温度。这个吕清，他到底是因为酒喝多了，胡言乱语；还是借着酒劲，特意来跟她表白？可是，他是老师啊！老师不是应该为人师表的吗？怎么会突然如此地疯狂？

程苏又开始后悔，不应该跟着吕清过来写生。她联想起课堂上吕清投来的热辣辣的目光，就觉得自己太不更事了。

但是，吕清说的，是真的吗？

程苏不由得回想着刚刚吕清说的那些话。吕清说，他喜欢自己，自从看到作品就已经被吸引了，还说等见到了本人，一下子就觉得人生有了目标。吕清说得如此深情，如此激动，把自己的手又抓得那么使劲那么疼，这一切，又似乎都那么真实！

如果，林绍海也像吕清那样，热情、强烈，让她猝不及防，那又会是怎样的场景？

程苏想到林绍海，一时又有些伤心。她觉得自己太不争气了，人家都不跟你联系了，自己却还老惦记着。陆坦也是，说好了写信的，还说好第一学期就会过来看她的，现在却连一点消息都没有。

再好的朋友，说散就散了，说不联系也就不联系了，而自己却还在这里伤心！

程苏觉得头有些疼，于是她在床上躺了下来。可能是之前过于紧张了，躺下来慢慢平静之后，竟有些了困意，渐渐睡着了。

也不知过了多久，程苏被敲门声惊醒，她“蹭”地坐了起来，头脑胀胀的，一时不知自己身在何处。

“程苏，你准备一下，一会儿去写生。”吕清在门外喊她。

程苏这才反应过来，自己跟着吕清他们跑到郊外的农庄来了。她起来简单梳洗了一下，就背着包走出了门。

吕清已经背着两个画架，拿着一堆东西，在门口等她了。看到程苏走出来，吕清很专注地看着她，微微笑着问她："手……没事了吧？"

"哦……没事……走吧。"程苏怕吕清再继续之前的话题，所以赶紧就往前走了，走了几步后，转过身来说，"我来拿一点东西吧。"

"不用，我都可以拿，你在前面走吧。"吕清跟在程苏的后面，看着她背着背包，头发一甩一甩的样子，觉得无比可爱。而程苏发现吕清没有再跟她提起之前的事情，就以为吕清一时喝多了，休息了一会儿，恢复过来了。

他们走到河岸的小竹林丛边。从这个角度自西向东望过去，阳光正洒在农庄的房屋和水面上。蔚蓝的天空中，飘着几朵很合时宜的白云。轻风拂过水面，栈桥倒映在河水的微波中。河面上，有几只鸭子正在水中嬉戏，两只鸳鸯在栈桥底下石头搭建的小平台上休息。

吕清对程苏说："这里看起来不错，我们就在这儿吧。"

程苏点点头，她也觉得这个角度的景致不错。

吕清支好了画架，把小凳子递给了程苏。程苏从背包里拿出了画具，调整了一下画架的位置，就开始构思起画面来。程苏从小养成的习惯是，一旦拿起了画笔，她就会很快进入到创作的状态，暂时忘记了任何的烦恼。

23

吕清看到程苏已经开始挥动画笔，那种专注和投入的状态，让吕清心动不已，他不由得从侧面仔细地欣赏着她。吕清发现，程苏的侧影非常的美：大大的眼睛，长长的睫毛，稍稍有些圆润的下巴与长长的脖颈搭配得无可挑剔；宽松的白色 T 恤与深色的牛仔裤，将程苏凹凸有型的身型衬托得恰到好处。

吕清不禁一阵热血沸腾。他拿起画笔，对着程苏的侧影，在画纸上挥动起来……

白云悠悠地飘着。

清风轻轻地拂过。

这两人，像极了卞之琳的诗作《断章》里的模样：

你站在桥上看风景，
看风景的人在楼上看你。
明月装饰了你的窗子，
你装饰了别人的梦。

24

当程苏放下画笔的时候，她才注意到，太阳已经快要落山了。吕清站了起来，把程苏画的几幅写生稿拿过去看，一边看一边不住地赞叹。程苏也想看看吕清的写生稿，却发现吕清已经把画收起来了。程苏不好意思跟他开口，也就作罢。

程苏收拾着画架，心里想着应该回学校了。这个农庄离学校有一个半小时的车程，就算现在回去，都已经不早了。

“我们现在回学校吗？太阳都下山了。”程苏问吕清。

“我们吃完晚饭再走吧，现在是夏季，天黑得晚。”吕清边说，边过来替程苏收拾画架。

“那样……太晚了吧。我们还是回吧。”程苏不想在一个陌生的地方待得太晚。

“我还有两个同学呢，我总不能不让他们吃饭，饿着肚子跟我们回去吧？”吕清把他的两个同学给搬了出来。

程苏不说话了，她觉得，吕清也是带他的同学来这里玩的，如果自己太过于坚持，似乎也不合适。不过，程苏在想，这里附近有没有公交车站？如果有的话，她倒是可以先坐公交回去的。

“这里，附近有没有公交车？”程苏小声地问吕清。

24

“公交？这里还没有通公交呢，要到镇上才有，离这儿挺远的。”吕清明白，程苏想自己一个人先走。

程苏一时没有了办法，她只好说：“那……我们快点吃，然后吃完了就走吧。主要是……我跟我宿舍同学说好的，太晚回了，她们会担心我的。”

吕清笑了：“你们女孩子之间，感情还真是好。走吧，现在就去吃饭，老板应该已经把饭做好了。”

等到吕清回房间把东西放下，吕清的两个同学也回来了，他们一下午钓了一会儿鱼，又去活动室打了会儿乒乓球，绕着农庄前后兜了一大圈。据他俩说，他们在路过那片竹林时，看到程苏和吕清正在专注地画画，就没忍心打扰他们。

老板准备了一桌非常丰盛的晚餐，还特意炖了一锅老鸭汤。程苏还是坐在吕清的旁边，她这会儿焦急着回程的时间，所以吃什么东西都不是滋味。最让程苏担心的是，老板又提来了自家酿的米酒，给吕清和他的两个同学都倒上了。老板问程苏要不要来一杯，程苏直摇头。

有了米酒的助兴，吕清和他的同学们喝得很欢快。他们又聊起了当年上大学时候的事情，GM 美院的楼里发生过这样那样的故事，GM 美院的老师谁谁谁有多牛，GM 美院的美女们现在都在哪里等等。程苏听到他们说，吕清当年可是 GM 美院的“校草”，他的成绩特别好，有很多女孩都喜欢他。

GM 美院，本就是程苏最向往的地方，从小学高年级开始，在程苏的脑海里，就埋下了要考 GM 美院的种子。然而，命运跟她开了一个不小的玩笑，她最喜欢的男生，因为她要考北京的 GM 美院而选择报考了北京的大学。结果，她自己没有考上，那个男生却为此考上了北京的大学，去了她向往已久的首都。

现在呢，坐在她身边、对她表达了强烈爱意的吕清，却是从她最向往的 GM 美院而来。他们谈论着 GM 美院的故事和在 GM 美院的往事，程苏则在羡慕间又感到深深的失落。

这顿饭，就在程苏的焦虑中，消耗了两个多小时。

吕清与他的同学，比中午喝得还要多。老板留他们住一个晚上，吕清的同学都很愿意，而吕清，则问边上的程苏，能否今晚住在这里？

程苏不同意，她坚持说她宿舍的同学会担心的，多晚都要回去。

吕清站起来，但是明显有些摇晃。老板一个劲儿地留他，让他们明天早上再走。老板拉着吕清，对程苏说："明天是星期天嘛，又不上课的。你看你们吕老师喝了那么多，回去不舒服的。我家里有电话，你可以去打个电话跟你同学说一声。"

吕清也就势坐了下来。

程苏实在没辙，只好跑去给宿舍同学打了个电话，说今晚不回了，明早回。但她没有说吕清喝酒的事，她宿舍同学只知道程

24

苏是跟一帮人去郊外写生的。

回到餐厅的时候，吕清他们站起来也准备回房间了。

走到房间走廊的时候，吕清突然跟他的同学说："我今晚有点多了，要去吹一下风。你们回去吧，回去好好休息着，我让程苏陪我就行。"

他的同学听出了吕清的用意，瞪着眼对他指了指，然后就笑着回房间了。

程苏本来是想赶紧躲回房间的，被吕清这么一说，真是不知该回不该回了。

"小苏，你……陪我走走吧，让我……醒醒酒。"吕清的声音，有一点点哀求的味道。

程苏有一点点心软。她见过爸爸喝多了酒的样子，吐了很多回，非常难受。这会儿看到吕清可怜巴巴地看着她，有点不忍心拒绝。

"那……走吧，你慢慢走。"程苏答应了。

吕清听到程苏愿意陪他走走，高兴得酒都醒了一半。

他们沿着河边走着，吕清在前，程苏在后。

在昏暗的灯光下，程苏看到，走在前面的吕清，身材修长挺拔，穿着清爽利索，有点自然卷的头发又显得与众不同。林绍海可不是，他总是把头发理成三七分，头发既不长又不短，好像一直就是那个样子没有变过。陆坦则总是理个板寸，短得只剩一点点，然后喜欢用手在头发上来回地划拉。

“小苏，你晚上又没有吃多少东西。”

吕清的话，把程苏从浮想联翩里拽了回来。

“哦，我吃了。”程苏回答。

他们走到了下午写生的小竹林边，吕清停了下来。他转过身，看着程苏：“苏，你知道我今天下午，画了什么吗？”

程苏被吕清由“小苏”又唤成了“苏”，这种只有亲密关系之间才有的称谓让她很是尴尬。好在，没有其他人。

“不是画的风景吗？”程苏轻轻侧了一下身，把视线转向夜幕笼罩下的河面。就算在昏暗的灯光里，她依然能感受到吕清灼热的目光。

“我画的是你，苏。”吕清走进了一点点，“苏，你不知道自己有多么美！今天下午，当我看到你的侧影时，我忍不住用画笔给画了下来。哦，不不，就算是我的画笔，也画不出你的美丽……”

程苏不知道该如何回应吕清，只是一个劲儿地说：“吕老师，你……喝多了，喝得太多了。我……哪有那么好的。”

“不，我是喝了酒了，但是我没有喝多，真的，我非常清醒。”吕清走上前，面对着程苏，用手扶着她的肩膀，“在我眼里，你是最好的，没有人能比得了你，你就是最最完美的。”

吕清说完，突然一把将程苏搂在了怀里。许是太过于激动的缘故，吕清的身体都有些微微发颤。

程苏被这突如其来的一扶和一抱，弄得惊慌不已。她有心挣脱，可无奈吕清抱得太紧了，她根本就动也动不得。

“吕老师……你……你……放开我……”

“苏，求你让我抱一会……你能不能不要再叫我老师，叫我吕清好不好，就叫我吕清……来，现在你叫我一声，叫我吕清，快叫我。”吕清低头靠在程苏的头上，贪婪地闻着程苏秀发的香味。

程苏被吕清强有力的手臂包围着，又听得吕清“怦怦怦”的心跳声，她不禁有一丝丝感动。也许，这就是所谓的爱吧！只不过，这种爱未免有些霸道了！

程苏见自己挣扎不得，也就渐渐不挣扎了，她的神经慢慢放松了下来。被吕清这样抱着的时候，她觉得，也许这就是命运的安排。自己心心念念的人，走着走着，各自也就散了；对自己心心念念的人，可能走着走着，也就走到一起了。也许，吕清，就是这样一个对自己心心念念的人……

吕清发现，程苏的身体渐渐软了下来，肘关节也不再使劲地顶着他了。吕清想，程苏一定是被他感动了，他不禁问她：“苏，我相信你也是喜欢我的，你看，我有多么地喜欢你，爱你！”

“你是老师……你不应该……”程苏喃喃地说。

“我等你，我等你毕业。然后，我们可以一起，一起读研究生，一起去北京，一起出国。”吕清憧憬着未来。

吕清还在不断地说着，可是程苏却哭了。

程苏一开始只是流泪，后来就哭出了声。她哭得如此伤心，以至于把吕清的衬衣都哭湿了。

吕清不知道程苏为什么突然哭得那么伤心，赶紧放开了她，俯下身捧着程苏的脸问她："苏，你怎么了？对不起，是不是我又吓到你了？你别哭啊，别哭啊。"

程苏一边哭泣着，一边摇了摇头。

这半年多来，程苏的心里，一直郁结着重重心事。高考失利是她绕不开的心结，而对两个好朋友一次次的期待与失望以及由此而产生的自卑与心伤，是她一直开心不起来的原因。可是这一切，她无处可诉说，无人可倾听。

但是现在，这个热情洋溢的吕清，这个来自她心驰神往的艺术高等学府的吕清，这个欣赏她、爱慕她、直露露地表达爱意的吕清，让程苏心头郁结的伤感一下子找到了宣泄的爆发点。

好久都没有这么痛快地哭一次了！

程苏曾经也想努力寻找情绪释放的途径，但绝没有想到是在一个男人的怀里！

等程苏渐渐平复下来，吕清又一次把她揽入了怀中。这次，程苏没有躲开，她乖乖地站在那里，静静地听着吕清的心跳。她发现，这个吕清，其实也有不少吸引她的地方，只不过之前，自己从来就没有产生去发现和欣赏的念头。

吕清牵起程苏的手，想带她去栈桥上走走。程苏的手本想躲开，但还没来得及，就已经被吕清抓在手里了。这次，吕清没有抓得很紧，程苏也没再使劲挣脱，她稍稍抽了一下手，吕清则稍稍握紧了一下。

一弯新月挂在天空。

栈桥上，吕清拉着程苏的手，满心欢喜。

25

程苏的五个室友里，有两个女孩已经有男朋友了。一个女孩的男友在本校内，另一个的在外地。

大学生谈恋爱，本来是一件很正常的事情。

但是程苏和吕清属于“师生恋”，是最能引起话题的恋爱关系。

程苏不愿意别人在背后议论她，而且她对这种“恋爱关系”也不是那么确定。因此，她跟吕清说好，平时在学校里还像以前那样，她是学生，他是老师。他们之间只是师生关系，不能让同学们产生怀疑。到了周末，如果程苏有时间，可以和吕清出去稍稍远一点的地方一起走走。

吕清一开始，自然是满口答应的。程苏不躲着他，能够愿意接受他，已经让他很知足了。至少，周三上课的时候，他能见到程苏，能够继续投去火辣辣的目光；中午去食堂吃饭的时候，他也能远远地看到程苏。

但是，仅仅两周之后，吕清就觉得这样的相处方式实在太没劲了，偷偷摸摸的，哪像个谈恋爱的样子！吕清本就是学艺术的，而且在大都市的高校里浸淫了四年，思想很自由、很开放，哪戴得了程苏给的这个“紧箍圈”？不过，他也知道，想要说服程苏同意把他们的关系光明正大地呈现在大家面前，几乎是不可能的。

吕清想到了一个主意。

周三的美术史下课后，程苏和室友们去食堂吃午饭。当她们在食堂排队打好饭菜，坐下来刚刚吃上几口，吕清便端着餐盘在她们对面坐了下来。

程苏的室友想不到她们仰慕的吕清老师竟然在她们这里坐了下来，一个个都特别惊讶和激动，跟吕清打过招呼后，那几个女孩都不知道该怎么吃饭了。程苏在吕清坐下的一刹那，心就“扑通扑通”地跳起来。她没有跟吕清打招呼，一直低着头，数着筷头上的米粒吃着，心里忐忑不安。

“程苏，你周末有空吗？”吕清果然发问了。

程苏被吕清一喊，心跳到了嗓子眼里。她努力使自己平静下来。

“周末，哦……暂时，还没有计划。”程苏抬头快速地看了一眼吕清，又去“数”她筷子上的米粒。

吕清能看出程苏眼里的不安、疑问和责备，也能感受到程苏室友们疑惑的表情和眼神。

“如果周末有空，我们一起去写生吧，美术社团下个月要举行写生比赛了。”吕清假装没有看懂这群女孩的各种表情，一边吃饭一边说。

“那，比赛……一定要参加吗？”程苏没有抬头，轻声问吕清。

“你是社团的骨干，上次又获了奖，应该参加啊！”吕清说得很肯定的样子。

程苏的室友们看出来了，吕清是特意来找程苏的。虽然她们觉得吕清的行为，多少会让人产生联想，但毕竟他是为了社团活动而来找程苏，倒也没有什么太不合理的地方。

回到宿舍的室友们，自然是要问程苏的。但程苏说了吕清是上次“采风”作品评比的评委后，室友们一时也就没有多想。程苏心里，虽然感到不安，但毕竟觉得吕清的行为，有合理的地方，所以也暗暗舒了口气。

但吕清却没有给她太多合理解释的机会。接下来两天的午餐时间，吕清都端着餐盘找到程苏她们，在她们对面坐下来吃饭，找着话题跟程苏聊天。程苏没有想到吕清会采取这样的方式步步紧逼，这种感觉让她有些不知所措。

吕清约她周六上午，去城西的公园写生。程苏在室友面前，不好多说什么，只是点头答应了。

周六早上，程苏来到公交车站，发现吕清已经在那里等她了。程苏心里有气，她觉得这两天吕清破坏了他们之间约定的规则，一步步地想要故意把他俩的关系显露出来。吕清从程苏的表情上，自然也是看出了这一点，不过，他觉得小女生都是敏感的、害羞的，只要哄哄也就好了。看着程苏生气的模样，他心里

25

还觉得挺得意。

到了公园，吕清百般地逗着程苏开心，跟她聊着以前在大学里的各种见闻和有趣的事情。这还真是把准了程苏的“脉”，程苏听着听着，注意力一转移，也就没有那么生气了。

公园写生回来之后，吕清也就不怎么避讳程苏的室友们了，他会当着她们的面，对程苏嘘寒问暖，各种关切。这样一来，程苏的室友们渐渐就明白是怎么回事了。没过多久，似乎班里和系里的很多同学都知道了他们“师生恋”的事。

在那个年代，虽然“师生恋”并不是不可见人的事情，但还是与正统道德有强烈的冲突。程苏成了同学们背后议论的热点话题，而吕清的那些迷妹们，自然对程苏既羡慕又嫉妒，少不得几分“恨意”“醋意”。一时，关于程苏的各种流言蜚语，在校园里满天飞。

程苏虽然想象过她和吕清关系公开后可能的处境，却万万没想到会如此激烈。她本就敏感和多疑，现在更是心神不宁、寝食难安。室友们也似乎渐渐冷落了她，吃饭、晚自习都不喊她了。程苏开始害怕出门，她总觉得后面有人对她指指点点。

她开始后悔，后悔不应该答应吕清，过早地公开他们的关系。

但是，比较着吕清的热切和周围人的冷淡，她又觉得，这个时候，吕清可能就是她唯一的心理依靠了。

当吕清某天晚上来约她出门的时候，她没有犹豫地就跟他出去了。

吕清的宿舍，在学校最北侧的教工宿舍楼里。这个教工宿舍楼一到周末，就不会有太多的人，因为很多教职工都在外面有自己的房子，宿舍只是他们平时中午休息的地方。吕清的宿舍在一楼最西头，从宿舍楼西小门进去向右一转就是。

吕清请程苏到他的宿舍里去坐坐，说是给她准备了很多好吃的东西。程苏对吃的没有一点兴趣，但心里却憋着太多的苦想要诉说。在吕清的宿舍，程苏看到桌上有一堆各种各样的零食，有一个漂亮的小烛台，有一瓶酒和两个红酒杯，还有一支玫瑰花插在一个精致的花瓶里。

“喜欢吗？”吕清站在程苏的身后，用胳膊轻轻拢住了她。

程苏没有回答，她在桌边坐了下来。她环顾了一下吕清的宿舍，发现吕清的房间收拾得非常干净。房间里有一张单人床，一张长条桌，一个书架，一个布衣橱，还有几个纸箱子摞在墙角。单人床的对面墙上，挂着一把吉他。

“你会弹吉他？”程苏转头看着吕清。

“要不要弹给你听？”吕清取下了挂在墙上的吉他，拉了一把椅子，坐在程苏的对面。吕清清了清嗓子，低头开始拨动琴弦，一边轻弹，一边唱起了郑钧的《灰姑娘》。这是一首在校园里广泛传唱的民谣歌曲，是郑钧专门为他的妻子孙锋写的。吕清的嗓音，很适合唱郑钧的这首歌：

25

怎么会迷上你

我在问自己

我什么都能放弃

居然今天难离去

你那么美丽

而你又可爱至极

哎呀灰姑娘

我的灰姑娘

……

程苏听得出来，吕清是把其中的两句歌词给改了，原来是“你并不美丽，但是你可爱至极”。

在大学校园里，男生若是会弹吉他，在女生那里就会有很高的印象分。程苏发现吕清不仅吉他弹得好，歌也唱得很好听，不禁对吕清又增加了几分好感。程苏原本有些怨恨吕清，因为明显是他故意，使他俩的关系那么快就尽人皆知。但是，吕清看起来又是那么喜欢她，不在乎人们在他背后的各种指指点点。如果是这样比较起来，吕清又是大胆的、热烈的、真诚的。

程苏觉得，其实自己缺少的，正是吕清的这种胆气。对林绍海和陆坦，她有的是之前的等待、期盼和后来的担心、失望，却没有勇气去联系和求证。吕清则不然，从郊区农庄的强烈示爱，到现在的坦然面对师生恋情，吕清似乎能够给她一份实实在在的感情。要知道，在“师生恋”的关系中，老师一方承受的压力，并不比学生一方来得少。

吕清唱得如此深情，程苏听得如此陶醉。

这一刻，时光仿佛静止在只属于他们两人的世界里。程苏心头多日来的愁闷，在吕清的歌声中渐渐消散。这个对她轻声弹唱的吕清，时不时抬头对她微笑的吕清，浑身散发着激情的吕清，也许就是上天为她安排的那个人吧！

一曲终了。

吕清放下吉他，双眸深情地注视着程苏。程苏迎着吕清的目光，发现自己没有那么紧张和不安了。

“真好听……”程苏回味着。

“如果你喜欢听，那我以后就天天唱给你听。”

吕清坐到程苏的身边来，用胳膊拢住了程苏的腰。这次，程苏没有躲避，她反而觉得这样似乎有一种很安全的感觉。她确定，自己已经真正喜欢上了吕清。

“哦，对了，我给你准备了很多吃的，你看看呢，有没有你爱吃的？”吕清有点不舍地抽回胳膊，站起身，把桌上的零食拿到程苏的面前。

“我还准备了一瓶红酒，我们，稍微喝一点？”吕清征询着程苏的意见。

“好。那，倒一点点。”程苏也站了起来。

25

吕清之前并不确定程苏会同意，现在得到程苏的许可，他开心地打开瓶盖，摆好两个漂亮的红酒杯，分别倒上了一点酒，然后把其中的一杯，递给了程苏。

“苏，来，为了我们的爱情，干一杯吧。”吕清把酒杯举向程苏，只听得一声清脆的“叮……”，两个杯子碰在了一起。

程苏第一回觉得，两个杯子撞击在一起的回音，真是美妙动听。

吕清一口，把杯中的酒喝掉了。程苏抿了一口，感觉酸酸涩涩，不太难喝，但也不那么好喝。不过，她也想试试一口喝掉的感觉，就一仰脖，也把杯中的酒喝掉了。

大概喝得有点急，加之酸涩刺激了喉咙，程苏有点呛到了，她不住地咳了起来。吕清赶紧倒上一杯水：“苏，快喝口水。酒你不用干了的。你只要陪着我，慢慢喝就好。”

程苏几乎没喝过酒，所以这一口下去，没一会儿就感觉到有些头晕，但思维却活跃了起来。她觉得自己好像有很多话，可以说给吕清听。在这个学校快要一年了，她一直没有遇到一个可以倾诉的对象，当然她也没有去寻找这样的一个人。而现在，吕清像一股不可抗拒的飓风一样闯进了她的生活，把她的孤独、胆怯和郁闷一点点打碎。

“苏，对不起，我知道我们的感情，让你最近过得很艰难。”吕清给程苏的杯里，又倒上了一点点红酒，“相信我，过了一段时间之后，大家也就不会太在意了。你不要有心理负担，好不好？”

程苏点了点头，她轻轻舒了口气：“现在，和你在一起，我感觉心里轻松多了。但是，你不知道，这段时间，我过得……唉，也许，也许是我太没有勇气了。”

“不怪你没有勇气，是我太急于跟你在一起了。”吕清一边说着，一边将小烛台上的三支蜡烛点燃，然后把房间的灯关了。

小小烛台的微弱光亮，一下子把屋子的气氛渲染得浪漫而温馨，程苏甚至有一丝感动。

“苏，有个问题，我一直想问你，那一次，在图书馆后面的河边，你哭得那么伤心，到底是出了什么事？你能告诉我吗？”吕清记得，那天的程苏简直就是个“泪人”。

程苏觉得，这个问题，是她的痛点，她不愿意提及，也不适合跟吕清提及。不过，在这样一个烛光摇曳、酒杯轻碰的时刻，她想要跟吕清说说高考失利的事，说说她曾经梦想的艺术殿堂将她拒于门外，她有多惆怅，多伤心，多失落……却不曾想在这里，碰到了来自梦想殿堂的他！

那一夜，程苏没有回宿舍。

当吕清满是疼惜地将她揽入怀中的时候，她觉得自己瞬间已绵软无力。程苏分不清，是红酒让她微醺，还是吕清的气息让她沉醉……

26

程苏开始试着像吕清一样，坦然地面对他们的特殊恋情。她同意跟吕清一起在食堂吃饭，也答应晚上去吕清的宿舍看书学习。

在期末考试复习的那段时间，吕清陪着程苏在灯下一起看书，帮她理顺复习的思路，整理知识的要点；给她倒上一杯奶茶，洗好她爱吃的水果……

程苏感受到了吕清实实在在的关爱，一度觉得自己特别幸福！

有时候，她也会想到林绍海，想到陆坦。尽管她依然会感到遗憾和难过，但明显已不再那么孤独和痛苦了。她的心里，已经开始有了依托，她会感到是老天在眷顾她，把吕清带到她的身边，让她能够收获吕清对她热烈的爱。

一次，在吕清宿舍，程苏突然感觉到很不舒服，胃里面翻江倒海，干呕了好几下。程苏知道自己一向肠胃不太好，而且最近忙于期末复习，没有按规律吃饭，可能肠胃出了问题。这倒把吕清给吓坏了，他去给程苏买了很多养胃的药，叮嘱她一定及时吃药。程苏在身体不太舒服地状态下，差不多快要完成期末考试了。

最后剩下的那门功课要在一周以后才考，复习有充裕的时间，因此，吕清就带着程苏去新开的一家餐厅吃饭。

吕清其实是有话要跟程苏说，但这个话，他不知道如何跟程苏开口。程苏因为只剩下最后一门功课的考试了，所以感到非常轻松。她很快乐地看着吕清点菜，没有觉察出吕清的异样来。

吃到一半的时候，吕清放下筷子，郑重其事地告诉程苏，自己要出国去读书了！

程苏正要喝一口水，听到吕清的话，差点没把手中的杯子掉下来。不过，她转而又觉得吕清是在开玩笑，因为吕清不止一次跟她说过，将来他们两人可以一起去北京读研，再一起去国外读书。

“我不信。”程苏看着吕清。

“苏，我姐姐替我办好了学校……我没想到那么快的。我父母，让我尽快办离职手续。我父亲他……坚持让我去。”吕清显出了无奈的表情。

程苏放下了手里的筷子，两只手下意识地紧紧扣在了一起。

“苏，我也没想到会那么快的，听说那个学校很难进去……”吕清解释着。

程苏不说话，眼泪在眼眶里打着转，她把头转向一边，不去看吕清。

吕清看到程苏难过的样子，一时感到特别愧疚。他站起来，坐到程苏的身旁，搂着程苏的肩膀："苏，别生气了。你知道，我舍不得离开你的，但是，我也没有办法。我父母他们，还有我姐姐……我不能不去。"

程苏擦了擦眼泪，看着吕清问："那，我怎么办？"

"只是分开一段时间……苏，你成绩很好，将来可以考研，也可以出国。我到了那边安顿好，你毕业了，就可以到我身边来。"吕清觉得，他们的分开是无奈的，但总还有机会在一起的，"我们可以写信，也可以打电话。"

程苏听着，感觉一切都是那么地不真实。吕清突然说要出国，她觉得是在开玩笑；吕清说将来程苏也可以出国，到他身边去，她觉得这就更是远得难以想象。她甚至又回过头来觉得，她和吕清坐在这里，面对面一起吃饭，这本身就是不真实的事。

怎么会怎样？

怎么又是一种没有选择的离别？

离别后是不是就又会杳无音信？

程苏不由得有些愤怒。她推开吕清的手，正想站起身，突然又感觉到胃里一阵翻腾，忍不住干呕了几声。程苏觉得胃里的食物似乎被干呕给带动起来了，一阵阵地往外涌，她赶紧奔去厕所，把刚刚吃的东西全吐了。

吕清觉得程苏的肠胃这样下去肯定不行，坚持带她去了附近的医院。一个年长的女医生听了程苏的描述，就问她最近例假的情况。被医生一问，程苏才意识到，这两天早就过了她例假的日子了。她一下子紧张起来，手脚都不由得颤抖。女医生给她开了几个检查项目的单子，吕清不明就里地陪着她做完了各项检查。然后，得到了一个令他们俩都震惊的结果：

程苏，怀孕了！

拿着检查结果单，程苏彻底懵了，她傻傻地坐在医院的长椅上，不知道该怎么办。吕清也呆呆地坐着，双手捧着脸，胳膊肘抵在大腿上，眼睛无神地看着地面。

不知过了多久，吕清抬起头，认真地说出了三个字：

“做了吧！”

程苏转过头，看了看吕清，似乎不明白他的意思。

“我们不能要这个孩子，苏，不能要。”吕清站了起来，轻声说。

程苏继续看着吕清。

“苏，你还是个学生；而我，现在又不能娶你。所以这个孩子，我们真的不能要。你……只能，做了他。”吕清来回摩挲着自己的手腕，对程苏说，也好像在跟自己说。

程苏感到很害怕。

她害怕这个突如其来的事实，害怕吕清说的那种方式，害怕与这个生命有关的一切事情。

她不想在这个茫然不知所措的时刻，做对于这个不期而来的生命的任何决定。

26

“先回去吧。”程苏站了起来，但内心重重的石头却压得她差点摔倒。

回到吕清的宿舍，程苏又坐在那里，想了很久。

“你能不能不走？”程苏终于开口问吕清。

吕清痛苦地摇了摇头：“我真的不能不走。”

“就算我求你，你可不可以留下来？”程苏第一次以哀求的语气问吕清。

吕清一把抱住了程苏，他把头埋在程苏的长发里，长长叹了一口气：“苏，我特别想留下来，特别想一直跟你在一起，你知道的，我是多么爱你！可是……我也不得已，而且，确实也是机会难得。我先去国外，可以一边学习，一边挣钱，等你毕业了，就可以过来，我们还是在一起的。”

程苏失望地闭上了眼睛，眼泪“扑簌扑簌”地往下掉。她知道自己无论怎么说，都不能把吕清留下来。

“那孩子……”程苏喃喃道。

“我们的事，领导之前就找我谈过了，要我注意影响。所以，为了你，也为了我，我们不能要这个孩子。苏，如果你要这个孩子，那学校就会开除你的。而我，也有可能就被开除了。”

“我不怕被开除，我可以退学，而你可以继续待在学校，我不会说是因为有了你的孩子，才……”程苏眼含泪水地争辩着。

“可是这样对你太不公平了！我觉得现在最好的办法，就是先不要这个孩子。你可以继续上学，而我办完离职手续去国外，我们的心还是在一起的啊！苏，你可以想想我们的未来，我们以后在一起，还会有自己的孩子。”

“以后？”

程苏在心里轻轻地“哼”了一声，她觉得这个男人，的确曾经带给她浪漫，带给她激情，带给她幸福和快乐。但是现在，她却开始憎恨起他的懦弱来。甚至，当她提出自己主动退学，不会影响到他在学校的声誉，也不能把他拽回来。

程苏深深地吸了一口气，用力推开了吕清，站起来拿上自己的包，把属于自己的东西迅速地装进包里。她走到门口，看了一眼吕清，一字一句地说：“吕老师，以后我的一切，都跟你没有任何关系！你尽可以放心你的声誉，尽可以去出国上学，我的孩子，我自己负责！”

说完，程苏转身就要出门。

吕清一把拦住了程苏：“苏，你……”

这次，程苏不知哪来的力量，她一下推开了吕清，头也不回地走了。

吕清追到宿舍西门出口，程苏已经飞快地跑远了。望着远去的背影，吕清的心一下无比之痛。

吕清不知道，在接下来的几天里，程苏忙着跑学校的各个办公室，连她同宿舍的女生都不知道她在做什么。

程苏再没去过吕清的宿舍。吕清几次在宿舍楼下和食堂等她，她都视而不见。等到最后一门考试考完，程苏请同宿舍的人

26

吃了一顿饭。吃到最后，她抱着她的室友们痛哭了一场。大家以为程苏是因“师生恋”被各种流言困扰而心情不好，所以都安慰她，说只要她觉得幸福快乐就好。

放暑假了。

程苏跟父母编了个“采风”的谎言，没有立刻回家，而是在大四一个学姐的宿舍里借住了一段时间。程苏害怕回家，害怕面对父母，害怕手里的退学肄业证摆在父母面前，会发生怎样的事！但是，让她自己都感到不可思议的是，那个不期而来的小生命，却渐渐给了她面对父母的勇气。虽然她知道，在父母眼里，这个小生命比肄业证更为“可怕”！

但是，她已经打定主意了，绝不能残忍地结束一条无辜的生命！

吕清不知道程苏放暑假有没有回家，他没有程苏家里的电话，连程苏家住哪儿也不知道。他想去问问程苏的室友，但她们也都各自回家了。吕清想尽各种办法，也找不到程苏在哪儿。

就这样过了好多天，吕清几乎快要崩溃了！

也就在这个时候，陆坦来找程苏了。当陆坦突然出现在程苏面前的时候，程苏不敢相信自己的眼睛，内心里涌出各种复杂的情感来：惊喜、悲伤、埋怨、后悔……

程苏问陆坦，是怎么找到自己的？

陆坦说，他打电话给程苏家里，知道她还在学校。然后，他坐大巴来到学校，找到了她。

程苏说，学校那么大，我又没在自己的宿舍，你怎能找到？

陆坦有点得意，他说，你该知道，我是学什么的。

陆坦还是那么的阳光、自信。但是，往事已不堪回首，陆坦的各种玩笑，已经再也不能让程苏开心起来。程苏请陆坦吃了一顿饭，其间她几乎不说话，躲避着各种回忆中学时代的话题。程苏觉得，这个时候，已经完全没有必要去问清楚曾经在她心里的那么多的“为什么”了，这些问题对她已经没有任何意义。

决绝地与陆坦告别，在程苏看来，可能是这个时候最应该做的事。于是，她冷冷地告诉陆坦：从此以后，再也不要来找她！

八月，程苏带着所有的行李，回家了。

她做好了迎接一切的准备：责怪、打骂、抱怨……所有这些，她都愿意默默接受，唯有“做掉孩子”这一条，她坚决不从。

经过了几天的争执，父母虽然气不过，总还是心疼她的。她跟父母所有的斗争，到最后，以她的胜利收场。不过，父母为了保护她，也为了避开众人的口舌，举家搬到了另外一个城市。母亲提前办了退休，在家里照顾她，父亲则忙于调动工作的事。

不甘认命的程苏，在生下程子墨的一年之后，便把孩子交给了母亲，自己则埋头成人教育考试，然后一步步地，从专科、本科一直到以同等学力考上了硕士研究生……

求学之艰辛，心身之疲累，肩负之压力，唯有她自己知道。

……

26

此时，穿着新裙子的程苏，不小心把手中的梳子掉到了地上。她一时没反应过来发生了什么事，等到定了定神，看到梳妆镜中双眼满含泪水的自己，才恍然从回忆中走出来。

程苏不由得深深叹了口气。

她最最不愿意回想起来的人和事，却真真切切地像放电影一样，在她的心头又过了一遍。只不过，这一遍过完之后，她的心里，却似乎轻松了一些。也许是因为时间过去那么久了，记忆虽然还很清晰，但感受已然模糊了很多。或许，自己潜意识中，也想把过往都放下吧。背负太多，对身边的家人，可能也是一种不公平。

程苏换了睡衣，躺在床上，不一会儿，便沉沉地睡去。

27

“陆队，重大发现，你快来！”电话里，大白兴奋地说。

陆坦刚刚向领导汇报完工作，接到大白的电话，就赶紧回到了办公室。

“什么情况？发现了什么？”陆坦盯着大白的电脑屏幕问。

“陆队，你仔细看这两段视频，”大白指着电脑的画面说，“这是案发那一周的周三，也就是展览第一天晚上 8 点 12 分的视频纪录，这个巡逻的保安被这把椅子绊了一下，他差点摔倒。”大白切换了一下画面，“然后，你再看案发当晚，也就是周五晚上，8 点 12 分的视频纪录，同样是这个保安，他还是被这把椅子给绊了一下，差点摔倒。”

陆坦拉了一把椅子坐下来：“其他位置的监控数据，有没有这样的情况？”

小七侧过身来对陆坦说：“大白发现了这个问题后，我们都各自检查了一遍，通过多个监控点位的数据对比，能够确定，周五晚上，所有监控点位的视频数据均‘克隆’了周三的视频数据。但是第一次看视频时，因为分工的原因，没有发现这个问题。”

陆坦觉得，这确实是一个重大发现，怪不得之前他们干了几个通宵，都没有发现蛛丝马迹，原来案发当天的数据是被这样给隐藏起来了。

“被‘克隆’的时间点，是从几点到几点？”陆坦问。

“是从晚上8点到当天夜里12点，共4个小时的时间。周五晚上案发的这4个小时，在我们这里数据显示的，其实是案发这一周周三该时间段的监控数据。”大白很肯定地回答。

陆坦感觉到，这个作案人是有计划性的。他通过“克隆”监控数据，可以骗过监控室值班人员的眼睛。在值班人员看来，监控数据运行正常，视频显示也没有任何可疑的事情发生。

然而事实上，真正的监控摄像头，在这4个小时的时间段里，已经失效了！

由此可推断，监控室计算机的远程端口被打开、案发时间的监控被克隆、视频监控被删除，是一个有预谋的关联设计。这样的话，监控摄像头自然就记录不到案犯进出酒店的任何数据，而且侦查思路也被误导了。

“酒店的所有监控摄像头都被克隆而失效了，”沙弥一边思考一边说，“那就说明，案犯不想让视频监控室的人发现他；把所有的视频都删除，是不想让我们发现他的操作；并且如果我们只是恢复了视频而没有发现他动的手脚，也就难以发现他在酒店里的行动。但是，如果说酒店的监控不能拍到他进出，那……”

沙弥的话还没有说完，小七立马接上：“对！沙弥的意思应该是，酒店的监控他能捣鬼，能够做手脚，但是周围的治安监控摄像头，他不可能给弄瞎了。”

陆坦说：“小七，你们马上再去把案发当天酒店各个出入口位置附近的治安摄像头录下的视频，仔仔细细查看一遍，尤其注意从晚上8点到夜里12点，这段时间出入酒店的任何可疑人员。”

这个时候，陆坦的心里，突然有一种隐隐的不安感。他的脑海中闪过一个人，多年刑侦工作的直觉经验告诉他，这个人，很有可能就是他们要找的那个人。但是，他真不愿意相信会是他！

夜里，10点半。

陆坦还在办公室里坐着，他在等待再次调看治安监控摄像头的结果。正在这个时候，他的手机响起，是林绍海给他打来了电话。

“陆坦，你到我们家里来一趟吧，有急事要找你！”

林绍海的声音似乎跟以往不一样，低沉间有一些颤抖。

陆坦觉得这完全不是林绍海的风格，看来家里一定发生了什么事，他赶紧开车赶到程苏家。

一进程苏的家门，他看到程苏正红着眼睛，呆呆地坐在沙发上；林绍海给陆坦开了门之后，也很无奈地站在那里；程子墨则站在自己的卧室门口，低着头不说话。

“这是怎么了？”陆坦在程苏的对面坐下。

陆坦虽然问出了这句话，但心里却意识到，他之前的不安，可能并不是空穴来风。

程苏看到陆坦，眼泪止不住地往下掉：“怎么办？陆坦，怎么办？子墨这个糊涂蛋，他怎么能做这种事？”

陆坦看着程苏这个样子，一时竟不知如何安慰。这时，林绍海递给陆坦一幅卷着的画。陆坦的心“怦怦怦”跳了起来，他小心地打开画面看了一眼，一下子就认出，这正是奥克逊国际拍卖公司图录上的八大画作！

关于这件作品的图片，他早已烂熟于胸了！

“确定是真的吗？”陆坦虽然知道自己的侥幸心理是徒然的，但还是忍不住问程苏。

程苏无力地点了点头：“是真的。”

陆坦不由得痛苦地闭上了眼睛，深深叹了一口气。

稍稍平复了一下之后，陆坦说：“你们先别着急，慢慢说，到底是怎么回事？”

说着，陆坦站起身，给自己倒了一杯水，“咕嘟咕嘟”喝了下去。

林绍海告诉陆坦，今天傍晚时分，程苏看到家里的小画室好久没整理了，就准备收拾一下，想着收拾好了，得空就可以画会儿画。程苏在整理以前画的一些画稿时，突然看到一个用报纸卷着的东西。她想不起这个报纸里包的是什么，就打开看了一下。

这一看，程苏差点没站稳！

她简直不敢相信自己的眼睛！

这幅画怎么可能会在自己的家里?

等定了定神之后，她再仔细看了一下，确定这件正是奥克逊拍卖公司丢失的八大山人作品真迹!

程苏感到手脚发麻，陆坦他们千辛万苦想要寻找的失窃名画，竟然在自己的画室里!

这怎么可能?

不会是自己在做梦吧?

程苏用手指使劲按了按太阳穴，她确定这不是梦，而是一件可能要颠覆一家人原本平静生活的大事!她不愿多想，也不敢多想。她颤抖着双手，拿起手机，给林绍海打了个电话，让林绍海立即回家来。

林绍海正在学校筹备心理学年会的事情，接到程苏的电话，听到程苏略带哭腔的声音，赶紧赶回了家。

当程苏把这张八大作品摆在他面前的时候，他一时也惊呆了。这不就是陆坦他们一直在侦查和寻找的那张名画吗?怎么会在程苏的手里?

“小苏，你怎么会有这张画?”林绍海焦急而不解地问。

“我不知道啊，这到底怎么回事?它怎么会在我的画室里?我在整理屋子的时候，看到一个报纸卷着的东西，我不记得包的是什么了，就打开看了一眼，结果，这里面竟然包着的是八大的画，是奥克逊拍卖公司丢失的那张画。”程苏依然想不明白，这张名画怎么会出现在自己的家里。

27

林绍海来回踱了几步，他突然想到了程子墨。

“小苏，会不会是，子墨？”

“不可能！怎么会是子墨？你不要乱说。”

“但是，这个家里，除了你，除了我，就只有子墨了。”

“那也不可能会是子墨！他怎么会做这种事情？不可能的！你怎么会这样胡乱猜测？”

程苏被林绍海这么一问，情绪一下子很激动。她相信，程子墨是绝对不可能做这种事情的！况且，他天天在学校上课，晚上还有晚自习，马上就要高考了，他的心思，不可能在其他地方的。

林绍海也觉得自己一时问得太突兀了，他拉着程苏坐下来，安慰了她一下，想着还是需要好好理一理思路，好好谈一谈。

林绍海突然想起自己被程子墨班主任约谈的事情，那个时间，好像正是这张八大作品丢失的时间前后。

“小苏，你还记得，上次班主任尹老师找我，说子墨逃了晚自习的课，去看动漫展的事？”林绍海翻看着桌上的台历。

“记得啊！不过，子墨已经意识到自己错了。你说这个，跟这件事情，有关系吗？”程苏没明白林绍海为什么问这个问题。

“子墨缺席的课，是周五的晚自习。而那天晚上，恰好是奥克逊拍卖公司丢失画的时间。因为第二天，你和云非去看展览的时候，是不是画就已经不见了？”林绍海慢慢地分析着，他怕程苏的激动情绪再次被点燃。

程苏听了林绍海的分析，一时没有答话。她拿过林绍海手中的台历，回想了一下，她跟云非去看展览是在三周以前的周六一早，是展览开放时间之前的半小时。她们进去之后，就发现八大的作品已经不见了。

“画丢失之后，陆坦来家里跟我们聊了这件事，你还记得？那是在失窃发生之后的第二天，也就是周日。”林绍海引导着程苏的回忆，“到了周一早上，子墨逃课的事情，就被尹老师发现了。那天，我被尹老师叫到了学校。所以，这里面有些问题，是不是还要问一下子墨？”

程苏一直听着没有说话，她觉得林绍海的分析不无道理，但是，就算是有时间上的疑问，那也不能说明是子墨去偷了这张画啊！况且，子墨不是说，他是约了一个女生，一起去看动漫展的吗？

“那天晚上，子墨是去看动漫展的，还约了一个女生一起去的，他怎么会有时间去做这种事呢？他不可能有分身术吧？再说，展览现场那么多的监控，他怎么能进得去？你真是太有想象力了！”程苏辩解道。

“小苏，我当然不愿意相信是子墨做了这种事，但是我们也得冷静下来好好想想啊，毕竟这张画出现在我们家里，而你和我之前又全然不知，那疑点只能是在子墨身上了。如果真是子墨干的，那问题相当严重！孩子或许一时想不到后果，我们做家长的，一定要帮他想办法把错误降到最低，不能一错再错啊！”

27

程苏回味着林绍海说的话。虽然她觉得怀疑程子墨是她不能接受的事，但是林绍海确实比她想得更深远一些。

“可是，如果像你说的那样，他是为什么呀？他也不可能做到啊？”程苏想不明白。

“你现在不要着急，等子墨晚自习回来以后，我们第一时间，好好问问他。”林绍海觉得，这件事情需要尽快跟程子墨问清楚，“小苏，如果真的是子墨做的，你心里一定要有所准备。”

“准备？什么准备？如果真的是子墨，那我们该怎么办？不，不会是他的，这不可能！”程苏的心里很乱。

“如果是子墨，就去自首。”林绍海看着程苏。

“自首？那，子墨会不会坐牢？不，我不能让他去坐牢的。绍海你看，现在这张画在我们家里，只有你和我知道，我们能不能、能不能就这样藏起来，谁都不告诉，这样不就没事了吗？”程苏情绪有点失控。

“小苏，你要冷静。这种事情，怎么能瞒得住呢？再说，我们也不能这么做啊。这不是在保护子墨，而是会害了子墨的。”

程苏把头转向另一边，眼泪忍不住哗哗地流。

时间一分一分地过去。

晚上9点半左右，程子墨晚自习回到家。

“子墨，你放下书包过来，我和你妈妈有话要问你。”林绍海和程苏终于等到程子墨放学回来。

程子墨感觉到了家里气氛的异常，他开始忐忑不安。

“子墨，你那天说去看动漫展了，后来有没有去过别的地方？”林绍海问得很直接。

“我……”程子墨没有料到林绍海会问得如此突然。

“告诉我，子墨，有没有去过？”林绍海尽量保持平静的语气。

程子墨低下了头。

“子墨，这张画……”程苏拿着奥克逊拍卖公司丢失的这张八大山人的作品，想要问问程子墨，但是看到程子墨低头的样子，心里已经明白了八九分。程苏感觉喉咙被堵住了，眼泪涌满了眼眶，连话都说不下去了。

“子墨，这张画，真的是你拿的？”林绍海知道，程苏的内心已经崩溃了。

程子墨依然低着头不说话，但林绍海能感觉到他的身体在颤抖。此刻，程子墨的心里，一定充满了恐惧、紧张和不安。

“子墨，如果真是你，现在一定要告诉我们，你不能一错再错。”林绍海冷静地说，“我们三个是一家人，我和你妈妈都不清楚为什么这张画会在我们家里，那么我们只有问你，因为你是我们家庭的成员。你要告诉我们实情，男子汉大丈夫，要敢做敢当！”

程子墨的心被触碰了一下，林绍海的那句“我们三个是一家人”，让他瞬间感受到一股温暖！可是，这一切，似乎都已经晚了！自己不计后果的行为，到最后带给家人的，可能并不是他想要表达的爱，而是深深的伤害！

“是、是我……对不起！是我从酒店，偷偷……拿回来的。”程子墨抬起了头，眼圈红红地看着程苏。

程苏心里，无限悲哀，她感觉她的心都要碎了！事情怎么会这样？

“你为什么要这么做？你不好好上学……怎么会去偷东西？我实在……实在想不明白，你到底为什么？”程苏又气又急，语无伦次。

“对不起……”程子墨看到程苏如此伤心，眼泪也“吧嗒吧嗒”地掉下来。

林绍海心里也万分悲痛，对这个孩子，他曾经矛盾过，但自从他决定接受程苏的那天起，他就准备把这个孩子当成自己的孩子，为此他都没有再要一个自己的孩子。子墨到他们身边的这些日子，他也做出过一些努力，但是感觉子墨总有很强的防御心理。后来工作一忙，他就关心得少了些。而家庭中逐渐形成了现在这样相互客气又相安无事的局面。除去心中隐隐的不安，子墨这孩子还真是让人挑不出什么毛病。所以很多时候，林绍海也觉得自己有些神经过敏。随着子墨在学业上的各种优秀表现和在青春期的懂事表现，他也越来越喜欢这个孩子。可是现在居然发生了这样的事情……这个时候，他必须要冷静地处理这个难题。

“子墨，大海叔叔非常不愿意看到你犯这么大的错误。但是，大海叔叔刚刚也说了，男子汉大丈夫，犯了错误就得承担，敢做敢当。”林绍海观察着程子墨的表情，“你把那么贵重的画弄到家里来，这是犯了大错误，犯了法的，这是要承担法律责任的。”

“我不想坐牢！”程子墨害怕地说。

程子墨曾问过陆坦，警察抓到拿走这张名画的人会怎么处理？陆坦明确地告诉过他两个字：坐牢！

“子墨，如果我们主动告诉坦克叔叔他们，那我们极有可能得到很大的宽恕；但如果要等到坦克叔叔他们找到了你，那就没有一点可以商量的余地了。”林绍海尽量心平气和地引导着程子墨，“子墨，我们还要继续读书呢，一定要争取到宽大的处理才行啊！你不要害怕，有大海叔叔在。”

程子墨低头不语。在此之前，他其实已经在网上查过了很多法律资料，他发现自己的涉案金额早已足够坐牢的了。但是，大海叔叔说的是对的，“自首”会从轻判刑。

判刑——想到这个词，程子墨就感觉到阴嗖嗖的凉气。

“我给陆坦打电话？”林绍海看着程苏，又看了看程子墨，慎重地掏出了手机。

程苏和程子墨都没有说话，但心里都明白，只有这一条路可以选择。

28

听完林绍海的描述，陆坦感到心里一阵阵发闷，胸口堵得慌。他跟林绍海要了一包烟，走到阳台上，反手把阳台的门关上。

林绍海已经把事情过程讲得很清楚了，他让陆坦来，就是表明程子墨“自首”的态度。在这一点上，陆坦倒是挺佩服林绍海的冷静和果断的。不过，陆坦一时也弄不明白，程子墨怎么就那么糊涂，做出这样的事情来？他虽然很想好好问问程子墨，到底是怎么回事？为什么要去偷那张价值如此之高的名画？可他知道，这样的问题，只能通过司法程序去弄清楚原委。

正在这个时候，他听到屋里有很大的动静，就赶忙掐灭了烟头进去。

程苏正在情绪激动地问程子墨：“子墨，你告诉我，到底为什么要去偷这张画？我实在想不明白，你满脑子，到底在想什么啊？”

程子墨一直站在那里抹眼泪。

“你知不知道，我们一直对你特别放心，一直觉得你是聪明、懂事的孩子。你已经高二了，马上要升入高三。明年，也就再过一年，就要考大学了。你还想不想上大学啊？你这是在干什么呀？”

程苏越说越激动，林绍海拦也拦不住。

“你是对我有意见？还是对他有意见？还是对我们都有意见？是！我承认，我们平时对你关心不够，沟通也不够。但是，你至于弄出那么大的动静来吗？你这是……让我们所有的人都不好过吗？”

这时，程子墨突然跪倒在程苏的面前，哭着摇头：“不是的！妈，不是的！对不起，真的对不起！是我不好，我……我错了！”

陆坦见状，连忙想把程子墨拽起来，但他竟然没能拽得动他。

林绍海也把程苏拉到了一边，让她平复一下激动的心情。

程苏被程子墨这么一跪，先是一惊，渐渐头脑也清醒了些，但是心情又五味杂陈起来。

程子墨跪坐在地上，眼泪哗哗地流着。

“子墨，起来吧，”林绍海也来拉他，“你应该知道妈妈有多伤心，她也实在想不明白，你怎么会做出这种事情来的。”

但是，林绍海也没能拉得动他。

林绍海索性在程子墨的边上半蹲下来，他拍了拍程子墨的肩膀说：“子墨，大海叔叔相信，你心里一定也很后悔。这件事情，对我们家来说，实在是大大超出了心理接受的范围。说实话，大海叔叔，包括你陆坦叔叔，也很难想象，你会做出这样的事情来。而且，酒店监控那么多，保安那么多，来来往往的人也不少，你又是怎么能进得去的？”

陆坦请林绍海参加过第二次案情分析会，所以他们俩都清楚，酒店餐厅附近一个偏僻的卫生间里，曾经进行过管道维修。维修结束之后，维修工忘记将检修口关闭，这个检修口就敞开在那里了很多天。林绍海觉得，这个检修口，应该就是程子墨进入展厅的通道。但是，林绍海不明白的是，程子墨怎么会知道这个检修口的存在？

程子墨望了一眼林绍海，又抬头看了看陆坦，这时，程苏也走到了跟前。

“酒店里，有一个卫生间的天花板，上面有一部分没有挡板。从那里，可以通到展厅。”程子墨小声地说。

“那你是怎么发现的？”林绍海问。

“那次跟妈妈去看精品展，我去上厕所。正好附近的那个厕所在打扫卫生，我就去找别的厕所。然后，就发现了。”

“你，爬上去了？”林绍海继续问。

“你是说那次我带你去看精品展的时候？”程苏回想起来，那天她带程子墨去看展览，中途程子墨说去上洗手间，很长时间后才回来。

程子墨点了点头。

“我当时觉得好玩，就上去看了看，发现上面的通道直接就能通到展厅的上方。我在那里往下看，就能看到你们在展厅里。”程子墨说着，看了看程苏。

“你这个孩子……”程苏又开始流泪，“早知道，我不带你去看展览就好了。”

“对不起……”程子墨看到程苏流眼泪，心里也特别难过。

陆坦走过去，把程子墨使劲拽了起来。程子墨没再坚持，他站起来，靠在墙上，满眼泪水。

“陆坦，我很担心，”程苏这个时候，稍稍平静了一些，她想到另一个让她不安的问题，“子墨去那里，会被关在哪里？会不会被欺负？我听说……”

陆坦明白程苏的意思，他回答道：“子墨会在看守所。你放心，未成年人和成年人是分开关押的，我们都有严格的管理。”

“那我听说，里面经常会打架，我怕子墨被欺负，他从来就没有跟同学打过架的。”程苏这时候是各种担忧。

“我们的管理很严格，很规范，你不用担心。”陆坦安慰程苏。

林绍海对陆坦说：“陆坦，你跟孩子讲讲，需要注意哪些吧。”

“我也正想跟他说呢。”陆坦转过身，很认真地看着程子墨，“子墨，记住坦克叔叔的话，到了看守所，一定要听管教民警的话！男子汉大丈夫，既然做错了，就要敢做敢当！天不会塌下来，你还有出来的时候，在里面不要荒废时间。还有，你会有很长一段时间见不到我们，自己一定要照顾好自己。”

陆坦说完这段话的时候，眼泪也快要掉下来了。他走开了几步，深深吸了口气。

林绍海接着陆坦的话，也叮嘱程子墨：“子墨，记住坦克叔叔跟你说的话，既然犯了错误，就坦然去面对惩罚。我们是一家人，我们会跟你一起来面对这个事实，也会想办法尽力去帮你。你自己也要调整好心态，未来的路还很长很长，不要被眼前的挫折打倒。”

程苏听着陆坦和林绍海的叮嘱，不觉眼泪又流了下来。

已近午夜时分，陆坦拿出手机，给大白他们几个拨了电话，让他们过来，把程子墨和那张名画带去公安分局。陆坦提醒他们穿上便衣，不要大张旗鼓地开着警车来。

程子墨被带出门的时候，程苏一下子瘫坐在了地上。

林绍海跟着走到了楼下，无奈地看着程子墨被带走。他一阵揪心，想到程子墨的前途，想到程苏的伤心难过，自己又感到特别内疚和无力。

林绍海回到家里，程苏已被陆坦扶到了沙发上，程苏依然止不住地流泪。陆坦对他俩说：“我现在去局里申请回避，这个案子，我不能跟下去了。程苏，你要坚强。大海，你要尽快去联系有经验的律师。”

说完，陆坦匆匆走了。

29

林绍海和程苏，一下子感觉空落落的。他们发现，少了程子墨，这个家竟然变得如此冷清。按说，程子墨每天上学，早出晚归，在家的时间并不多。而且就算在家，也常常关了房间的门，只在吃饭和上洗手间的时候，才露露脸。可是，当他们想到，第二天早上，不再有人拿着面包和牛奶匆匆出门上学；晚上，也不再有人背着书包打开家门的时候，失落和难过之情，就萦绕在他们心头。

林绍海在程苏身边坐了下来：“小苏，陆坦说得对，你要坚强，我们都要坚强。子墨出了这样的事，谁都一时接受不了，不过，我们是他的监护人，所以我们得冷静下来，想想接下来该怎么做。”

程苏好像没听到似的，她喃喃道：“为什么？子墨到底为什么这么做呢？他干吗要去偷画呀？我怎么都想不明白……”

“小苏，子墨到底为什么这么做，孩子不肯跟你说，一定是有什么原因。但是现在，我们不要去钻这样的牛角尖，得赶紧想想接下来需要做什么。陆坦走之前说，让我们赶紧找有经验的律师，所以，我们要做的第一件事，就是找一个好律师。”

29

“律师？对，对，律师……绍海，你有没有认识的律师？要经验丰富的、有能力的。”程苏听到“律师”两个字，就像猛然惊醒了一样，她擦了擦眼泪，转过身看着林绍海，抓起他的手问。

林绍海轻轻拍了拍程苏的手背：“陆坦提醒我们找律师的时候，我就想到了一个人——丁俊杰。”

“丁俊杰？我好像……从没听你说过。”程苏对这个名字很陌生。

“我和他在美国读书的时候，一起租住在一套公寓里。他学的是法律，拿到了美国斯坦福大学法学专业的博士学位。毕业后留在美国工作了几年，现在在北京开了一家很知名的律师事务所。”林绍海耐心地给程苏介绍。

“那，他一定很厉害，你能联系到他吗？绍海，我……我谢谢你。”

“你怎么跟我说谢谢呢？子墨是我们的孩子，我们是一家人，我是他的父亲，这是我的责任，我们共同的责任。”

程苏感激地看着林绍海。

“上次我去北京开会的时候，跟他见过面，我们还喊了当时在国外认识的几个朋友一起聚过。明天早上，我就给他打电话。这个事情，你放心吧，我会处理好。”林绍海安慰着程苏。

“绍海，这个时候，我真是一点办法都没有。我甚至还会想，我把子墨交给了警察，到底对不对？我这个做母亲的，怎么能亲手把孩子交给警察呢？虽然，大道理我也懂，但就是觉得自己是不是太残忍？”

“小苏，隐瞒和逃避带来的罪责，要远远大于主动自首。我们把孩子交给警察，其实是真正地爱护他，对他负责任，也是让他对自己的行为负责任。”

林绍海起身，给程苏倒了一杯水递给她：“估计最近这段时间，我们都见不到子墨。所以，只有赶紧找来律师，通过律师跟子墨的接触，才能得到一些消息。小苏，我们再各自想想，还有什么可以做的事情。”

程苏接过水杯，轻轻叹了一口气。

她让林绍海先去休息，自己则走进程子墨的房间。

程苏很少进到程子墨的房间，因为子墨总是把自己的房间收拾得干干净净的，不需要程苏帮他整理。这似乎是程子墨从小就养成的习惯，自从回到程苏的身边，他的自理能力就一直很让家里人省心。

程子墨的书包在书桌上放着，拉链还未及打开。程苏轻轻地摩挲着书包的一角，想到不知接下来会是怎样的结果，心里又一阵难过和不安。

这一次，程苏深深感到，这不是一种习以为常的生活被打破，而是自以为无比坚固的内心正在被一点一点击碎。她回想起前几天跟程子墨逛街，买裙子、吃饭和聊天的场景，她开始感动于母子之间情感的交流；也从那时起，她试着感受因这种血缘亲情所带来的幸福感。

可惜，这种幸福，怎就如此短暂？

程苏一夜未眠。

第二天早上，林绍海没吃早饭就匆匆去了单位。他要把手头的工作安排一下，尽量腾出更多的时间来处理家里的事情。他联系了丁俊杰律师，丁律师正在美国出差，听完林绍海的描述，他答应回国后，尽快赶来滨城。

程苏这天恰好没课，所以没去单位。她在家里待着，心里惴惴不安，忍不住给陆坦拨了电话。

“陆坦，子墨他……昨天晚上，他是怎么过的？他有没有被欺负？我，我都不知道，能做点什么。”

“你不要担心，按照程序的话，子墨现在应该在看守所。看守所里，管理很规范，条件也都不错，尤其他又是未成年，关在一起的也都是未成年人，不会受欺负的。”陆坦安慰她。

“但是，我……我现在一点办法都没有。我不知道他为什么会那么做，我也不知道我能够为他做点什么。我多么希望这是一场噩梦，醒过来，就什么事情都没有发生。”程苏感觉到一阵阵头疼。

“程苏，我理解你现在的感受，但是你要慢慢冷静下来。虽然我们都很想知道，子墨为什么这么做？也非常想能为他做点什么。但是，按照法律程序，我不能去问，你也见不到子墨。一切，都得等公安机关有了侦查结果之后再说。”

“那我什么时候能见子墨？绍海说要去联系律师，是不是只有律师才可以见到？”

“局里会通知你们聘请律师，到了一定时候，会让律师跟子墨见面。这个事情，着急没有任何用处。按照法律程序，一步步来。”陆坦清楚自己的工作纪律，所以他也只能说这么多。

挂了电话之后，程苏认真想了一会儿。她觉得自己胡乱猜想和担心，确实一点用都没有。自己需要冷静下来，好好分析分析，看看到底能做点什么。

程苏在客厅来回走动的时候，不经意间看到了书架上摆着的拍卖图录。

李名博！

她立刻想到了奥克逊拍卖公司的总经理李名博。如果子墨能够得到拍卖公司的谅解，拍卖公司不再去追究责任的话，子墨是不是就能免去罪责呢？李名博是她的朋友，这两年她带朋友捧过很多次李名博的场，相信他应该会给自己一些面子的。

程苏深深吸了一口气，她拨通了李名博的电话：

“李总，我要跟你说一声对不起，真的是非常非常抱歉！”

“程教授，怎么说这样的话呢？发生什么事了？你把我给弄晕了。”李名博完全不知道程苏想要说什么。

“李总，我真是不知道怎么跟你说，难以启齿啊！但是，孩子犯了错误，我这个做母亲的有很大的责任，所以，我真诚地跟你道歉，希望能得到你的原谅。”

“你是说子墨？子墨怎么了？他发生什么事了？哎呀，程教授，我真是要被你说糊涂了。”李名博确实被程苏说得有些云里雾里。

“是这样的，李总，子墨他……你那里，前段时间不是丢过一张画吗？那张画，是子墨……子墨他一时糊涂，拿回来的。我昨天才发现，居然这张画在我家里！”程苏说得很艰难。

“啊?！”电话那头，李名博惊呆了。

“李总，真的非常抱歉。我压根想不到，这张画会在我家里。你……方便吗？我想当面，跟你道个歉，也希望……希望能够得到你的谅解。”

“那，画现在在哪里？”李名博问。

“画在公安局，昨晚已经交过去了。子墨他……也被带走了。子墨，他是自首的。”程苏的声音越说越低。

“哦！”李名博如释重负。

李名博非常敬重程苏，一向把她当作贵宾对待：一方面，是由于程苏本身的艺术学识和修养；另一方面，是因为程苏介绍来的朋友，不仅有很好的购买力，而且付款及时，从不拖泥带水，是公司最优质的客户资源。

“程教授，你放心，我明白你的意思。画只要完好无损，我也就放心了。子墨怎么会想到拿这张画的呢？唉，毕竟还是孩子，肯定是一时糊涂了。”李名博觉得，八大的画能够完好无损地失而复得，自己心里的石头也就落了地。只是，他也想不通，他见到过的程子墨，是一个非常冷静、乖巧的孩子，怎么会做出这样的事情来呢？

“谢谢，谢谢李总。”程苏的心里宽慰了一些。

“别客气，我们多年的朋友了！公司这里，不会为难子墨。委托方那边，我尽力去沟通解决。”李名博的表态，让程苏很感动，心里一下子敞亮了好多。

30

讯问过程非常快，程子墨几乎没有一丝保留地交代了整个作案的过程。

让沙弥感到震惊的是，程子墨交代的内容就像他最着迷的“007”的情节一样！

程子墨的供述，印证了酒店进出口的治安监控摄像头所录下的内容。沙弥他们在酒店侧面通道的治安监控视频里发现，在案发那天晚上 8 点 47 分，有一个背着包、穿着深色 T 恤的年轻人，低着头快步走进这个通道。当晚 9 点 36 分，这个人背着包，又从侧面这个通道快速地走了出去。

程子墨承认，这个人就是自己！

更让沙弥他们感到震惊的，是程子墨玩得溜溜转的电脑技术。程子墨利用监控室被打开的远程端口，让案发时间段的摄像头集体“休眠”；同时，他复制了其他时间段的视频数据，覆盖在“休眠”时间段，使得监控视频看起来没有什么异样。而当这些程序在电脑上设定好之后，他的手机就可以远程进行一键操作了。

程子墨没有带任何工具就进入展厅，因为他知道，在展示横幅手卷作品的展台底下，有拍卖公司展览部的工具箱。他曾经在现场跟着程苏看展览的时候，看到过拍卖公司的工作人员，从展台底下的工具箱里取过工具。就在这次拍卖之前的精品展时，他还见到他们从里面取出改锥，处理过一个松动的画框。

讯问过后，程子墨当天穿的衣服、背的包、穿的鞋以及作案时戴的手套等都被当作证物，提取到了公安分局。

但是，当被问到为什么要偷八大这张画时，程子墨却不言语了。又问他，知不知道这张画值多少钱？程子墨摇摇头，说具体不太清楚，但知道八大的画很贵。

不过，程子墨最后说，是因为自己喜欢这张画，所以才去偷的。

这几天，陆坦把手上其他几个案子处理完，在交了结案报告之后，跟领导申请休假一周。他感到特别疲惫，程子墨的案子，一直梗在他的心里。他知道，在工作和法律层面，他是必须回避的；但在情感层面，他必然会去关心和帮助。不过作为一个工作多年的老刑警，他很清楚自己什么该说，什么不该说。

陆坦给林绍海打了电话，问他律师请了没有。林绍海简单说了一下，然后约他晚上到家里，一起聊聊。

晚上，陆坦来到程苏的家。

陆坦来的时候，还没有吃晚饭，程苏就去厨房给陆坦煮面条。

30

陆坦问林绍海："律师请的是哪里的？什么时候能来？"

林绍海说："我请的这位律师叫丁俊杰，在北京很有名，他是我在美国上学时候认识的。前段时间去了美国，昨晚才回的北京。他说明天下午的飞机飞过来，明天我去机场接他一趟。"

陆坦点点头："那需不需要我帮忙？今天我跟局里请了假，这一周我休假。"

"你休假了？子墨的事，是不是对你有影响？"林绍海不确定地问。

"那倒不会，根据法律的程序，我已经申请了回避，我的同事他们继续跟这个案子。这段时间太忙了，感觉很累，所以请假休息一段时间。"陆坦解释道。

"哦，也是，以你跟子墨的关系，肯定是不能继续跟这个案子的。"

聊了一会儿之后，程苏把面条端到陆坦的面前。

陆坦确实感觉到饿了，他拿起筷子吃了起来。

"陆坦，我给李名博打过电话了。"程苏说。

"李名博？"陆坦想了想，"哦，就是拍卖公司那个老总吧。"

"嗯。我跟他说了，八大的画，是子墨……拿的。我就是想，希望能够得到他们的原谅。我不知道，是不是拍卖公司如果不追究，子墨就可以减轻处罚呢？"程苏问。

"这个事情，要等律师来了之后，了解完情况才知道。"陆坦说，"不过我想，拍卖公司那边，如果不追究，是有利于子墨的。”

“小苏跟我说，李名博会尽力去跟委托方解释，努力取得委托方的谅解。委托方在国外，而且我们也不知道是谁，所以完全使不上劲。”林绍海了解过，拍卖公司对委托方的信息是保密的。

“这两天，我一直在回想着这段时间，跟子墨相处的时候发生的一些事以及子墨说过的一些话，在当时没觉得有什么特别，但现在想来，是有疑问的。”陆坦把碗里的最后一口汤喝完，然后站起来把碗送去了厨房。

“子墨说了什么？”程苏问。

“上一回爬山的时候，子墨问我八大的画找到了没有？然后，又问我，如果抓到了那个拿走画的人，会怎么处理？当时，我只觉得是孩子好奇这件事，就没往深处想。”陆坦说。

“咱们在家里，也讨论过那张画丢失的事情，”林绍海接着陆坦的话，“记得那天在家里聊的时候，子墨还在洗手间打碎了一个杯子。”

“要说那天逃课去看动漫展，也是很反常的啊！按理说，他不会逃课去做别的事情，这说不过去。”程苏思考着，“子墨一向把学习放在很重要的位置，他逃课，如果真是为了和那个女生一起去看什么动漫展，我还觉得情有可原；但是，他却是去……唉！我真是想不明白。”

“子墨跟着小苏去看过拍卖公司的精品展，他在那次展览上看到过那幅画。难道，就在那个时候动了心思？”林绍海猜测着。

“子墨很喜欢八大的画？”陆坦问。

程苏想起，这个问题，她曾经跟陆坦聊到过的。她去画室，把那本研究八大山人的书拿给了陆坦。

“这是我上次跟你提到过的那本书，我在上面写了一些感想，我看到过子墨把我的这些感想都抄录了下来。不过，我不知道他是什么时候开始喜欢八大的。”

陆坦翻看着这本书，他发现程苏在书的边角空白处写了不少内容。看来，程苏确实很欣赏八大的画风，心得体会很多。

“子墨，会不会是，受了你的影响？”林绍海有些小心翼翼地问程苏。

“我？”程苏有些惊讶，但这个推断确也有合理之处，只是她从未认真想过，“子墨从来没有动过画笔，我也没有想过要教他。”

“你不是跟我说起过，你画画的时候，他在门口偷偷看着你吗？”林绍海说。

程苏点点头说：“是的，我发现过两三次，他在门口看我画画。不过，我不觉得这有什么问题啊！”

陆坦想起三周前，程子墨给他修电脑，他们曾聊起八大的话题。陆坦记得，程子墨说八大的画很冷酷，说她妈妈很喜欢，也能画出这种风格来。这样前后联系起来，陆坦的心里，顿时明白了八九分。

"子墨除了八大的画，还喜欢其他画家的画吗？"林绍海问程苏。

"其他的……我还真不是很清楚，我们很少谈论这些。"程苏想了想，"他跟我去看展览的时候，也是跟着我们到处转转的。不过，可能我是主要去看八大的作品，所以，他也就跟着我看八大。"

陆坦一直没有说话，这时程苏问他："陆坦，你是不是也觉得，子墨是受了我的影响？"

"子墨知道你很喜欢八大，也跟我说过，你能画出这种风格来。所以，我觉得，他对于八大的喜好，应该是受到你的影响。"

"那，就算是喜欢，为什么要去……偷呢？"程苏又回到了让她百思不得其解的问题上。

"你买过八大的画吗？"陆坦把研究八大的那本书递给了程苏。

"八大的画，我只有欣赏。现在动辄是几百、上千万的，除了像云非他们有资金实力的人以外，我们是承受不起的。"程苏说，"所以，有展览的时候，我就去看看。"

陆坦不由得看了林绍海一眼，林绍海也意味深长地看着陆坦。他们似乎心照不宣地读懂了对方的意思，但谁都没有说出来。

"子墨是个聪明而有灵气的孩子，他能够受到你的艺术熏陶，有机会跟着去看展览，而且能够读懂高深的八大，这本身是个好事……”陆坦对程苏说，“律师明天就到了，以后他可以见到子墨，你们也就能得到一些消息。”

“是的，明天下午律师到这里，法律方面，就得倚赖他了。”林绍海说。

“真不需要我去接？”陆坦问林绍海。

“不用，我今天已经把单位工作安排好了，最近这段时间，有事就去单位，没事就忙我自己的。”林绍海拍拍陆坦的肩膀，“最近你也很辛苦，好好休息。”

“嗯。这样的话，我可能回一趟老家，看看父母。这都有半年时间，没回去过了。”陆坦是个孝子，他买了房后想把父母接过来住，但是老两口习惯了老家的生活，说是等他结婚有了孩子，家里需要照顾了，才愿意过来住。

“回家？那，请替我问候你父母。”

程苏说着，心里却生出许多愁绪来。陆坦的老家，也是她的老家，但是她已经十多年没有回去过了。她的父母，也因为她而搬离了那个小镇。现在，她的父母住在一个小县城里，她也有小半年没见他们了。

程子墨的事情，如何跟父母开口？

31

陆坦回到老家。父母告诉他，程苏的父母，这几天也回来了。

程苏父母在十几年前搬了家，但是原来的房子一直都在。每年，他们都会回来几天，把家里收拾打扫干净。

陆坦听说了之后，就带了些东西，去看看程苏的父母。陆坦是程苏家的远亲，又是程苏小学和初高中的同学，所以，程苏的父母都认识陆坦，也很喜欢他的真诚和坦率。后来，程苏和陆坦在同一个城市工作，他跟程苏的父母也见过几回。只不过，那几次都没有机会好好聊聊，大家也都避着子墨的话题不谈。

陆坦到程苏家的时候，程苏的父亲正在屋里换灯管。老人有肩周炎，所以抬着胳膊换灯管特别吃力，折腾得满头大汗。陆坦赶紧让老人下来，他帮着把灯管给装好了。

程苏的母亲请陆坦坐下来，给他拿了一瓶矿泉水，又把电风扇往他这边挪了挪。

“陆坦，你怎么有时间回来的啊？警察的工作，是不是特别忙？”程苏的母亲问。

“哦，是很忙呢。不过，这几天我休假，所以回来看看我父

31

母的。你们，回来住几天啊？”

“我们，就回来住个四五天，然后要回去的。”程苏的父亲一边说，一边也坐了下来。

“我们也好久没见小苏了，她现在工作忙，很少回来。”程苏的母亲说，“你们在一个城市里，能经常见到吗？”

“嗯，我们能经常见面的，程苏和绍海都是大学教授，所以工作也忙。有时间，你们二老也可以去她们那里住住啊！”陆坦一直觉得，如果父母住在自己身边，心里会很踏实。

“我们不习惯，还是住在自己熟悉的地方好。”程苏的父亲说，“那个臭小子……怎么样？学习成绩好不好？小苏说他一直考第一、第二的。”

“哦，子墨呀，他学习好着呢，下半年就是高三了。”陆坦觉得，子墨现在的事情，暂时还是先不告诉老两口。

“你总喊他臭小子、臭小子的，多难听。”程苏的母亲抱怨道，“孩子大了，以后别这么叫。”

“叫臭小子怎么了，我不是一直这样叫他的吗？再说，他还确实有那么一点臭脾气……”程苏的父亲说。

“你的脾气也好不到哪里去，还说孩子呢……哎呀，你看，在陆坦面前，说这些干吗呀？”程苏的母亲歉疚地看着陆坦，“这对爷孙呐，脾气都差不多。”

“子墨平时看着很乖巧的呀，他脾气不好吗？”陆坦试探性地问。

“这当外公的，总说孩子脾气不好。我觉得这孩子挺乖的，从小什么都懂。他不像其他孩子那样耍赖、淘气、不听话，为了要某个玩具，大哭大闹的。他很安静，很懂事，从来不跟我们吵着要这要那。”程苏的母亲一直觉得程子墨是个难得的好孩子。

“我说他有一点臭脾气，但我没有说他不好啊！”程苏的父亲辩解道，“你说的那些好，我自然都看得到。不过，男孩子总是要管教的。陆坦，你说你小时候，是不是父母也管得很严？”

“嗯，是的，我爸总说‘棍棒底下出孝子’，老拿这句话作为管教我的法宝。”陆坦笑呵呵地说。

“是啊，我也得管他嘛！我说他有臭脾气，是因为有时候我说得多、说得狠一些，他就在那里一句不吭，不会来一句讨饶的。我说今天不许吃饭，也就是个气话，然后无论他外婆怎么说，都不来桌上吃饭。”程苏的父亲说道，“我就看不惯他那股劲儿。”

“那，谁还没有一点点脾气呐，陆坦，你说是不是？孩子堆里，子墨算是省心的了。学习不用管，考试都是数一、数二的；看书也多，寒暑假就在家里看小苏给他买的书。平时很少出去跟那些孩子调皮捣蛋，邻居们都羡慕呢。”程苏的母亲很维护程子墨。

“陆坦，你看，我就不能说一点点子墨的不好。这外婆呀，真是把孩子疼到骨子里了。所以，我不管能行吗？万一他长大了，没有规矩、没有教养怎么办？小苏把孩子交给我们，她又难得回来，我们是有责任的！”程苏的父亲说得义正词严。

“所以啊，孩子看到你就溜回房间去了，他说怕看到你的目光。”程苏的母亲嗔怪道，“不过我知道，现在子墨不在身边了，你心里也很惦记他，对不对？”

程苏的父亲没有接话，他站起身走去房间，一会儿拿了几盒糕点出来，又找了个袋子装上，然后交给陆坦说：“小苏和孩子都喜欢吃镇上做的芝麻软糕，你回来了，正好帮我们带过去。要不然，我只能叫快递给送过去，就怕快递把软糕给压扁了。”

陆坦赶紧接过来。几盒软糕虽然并不沉，但老人的心意和挂念，却是沉甸甸的。两位老人的慈与严，其实都是爱。只不过，对于未成年的孩子，却未必能真正参透其中的真意。

已是中午时分，程苏父母坚持留陆坦吃午饭，陆坦推却不成，就帮着一起拣菜。拣完菜，程苏母亲在厨房忙活，程苏父亲就拉着陆坦去了房间。

程苏的父亲有些欲言又止，但还是开口问陆坦：“陆坦，我想问你个问题，这个问题我一直憋在心里。从小苏那里，估计永远得不了答案。”

“什么问题？叔叔您说。”陆坦问。

“唉！说来，这是很糟心的事情。你知道的，子墨……他是我们的外孙，这是毫无疑问的。在我们身边养了十二年，是很有感情的，孩子挺好。只是，我们一直……一直不知道，孩子的父亲……到底是谁？这……小苏她，从一开始就不肯说，怎么劝、怎么骂，唉！没办法，反正就是不说。”程苏的父亲不住地叹气。

陆坦没想到，程苏的父亲问的是这样的问题。

“所以，我就想问问你，你是程苏非常好的朋友，你知不知道，到底是谁，让小苏受了那么大的苦？”程苏的父亲看着陆坦。

陆坦摇了摇头：“我也不知道是谁，程苏从来不跟我说这件事。她不愿意说，我就不好问。说实话，我也不敢问她。我只希望，她现在过得开心一些。”

“这孩子的脾气，也是够倔的。当初，我们怎么劝她，她都坚持孩子是无辜的，一定要留下这个孩子，弄得这学也上不成了。后来，她又费尽心力地去读书、考试，这条路走得真是不容易。所以，我真是想看看，到底是哪个混蛋，让小苏过得那么艰难。”程苏的父亲心里着实很痛恨那个人。

“我很理解，叔叔。这个事情，在程苏那里，是个很大的心结，也是一个痛点。所以，如果她不愿意提，而现在又能开开心心地生活，过去的，就让它过去吧。”陆坦宽慰着老人。

程苏的父亲点点头：“你说的也有道理，只要她现在跟绍海好好生活，把日子过得开开心心的，我也就不问了。到头来，其实我也是放不下呀！”

聊了会儿，程苏的母亲招呼他们吃饭，陆坦就在那里吃完午饭后回家了。

31

回家路上，陆坦感到，当年的事情，不只是程苏的心结，也是她父母的心结。其实，又何尝不是林绍海和他的心结呢？只是，时过境迁，大家都很善意地希望，岁月能够抚平一切，生活总是要往更好的方向继续下去。

而对于程子墨，他有了更深的了解。

陆坦发现，程子墨种种超出年龄阶段的乖巧和谨慎，如果联系他小时候的生长环境来看，就容易理解了。从小缺失父母的陪伴，虽然有姥姥的疼爱，但外公却过于严厉，而且最初的几年，老人心里的愤怒和不满也难免流露，这些让他从小就学会了看人的脸色，学会了讨乖，学会了隐忍，同时也形成了倔强的性格。只不过，他的倔强通常表现为无声地抗拒，倔强里也充满了隐忍。

天真烂漫、无忧无虑的童年，似乎与程子墨无关。

32

林绍海从机场接来了丁律师。

通过丁律师跟公安机关的沟通，林绍海知道，公安机关正在委托权威鉴定机构来确认八大这件作品的价格。

这是让林绍海觉得有点不太明白的地方，同时也是让他看到希望的地方。

“丁律师，这幅作品，拍卖公司给定了价，3000万到5000万。我爱人说，根据拍卖市场一般的定价规则，估计底价是3000万。但究竟是多少，我们是看不到的，拍卖公司对委托人的底价是保密的。”

“拍卖公司的定价，有一定参考性，但不能认定就是这个价格。公安机关还会找权威的鉴定机构，来评估这件书画作品的价格。”

“但是，目前有权威的书画鉴定机构吗？听我爱人说，在艺术品鉴定这块，一直没有特别权威的机构。”

“公安机关会去解决这个问题。据说，这个画家的作品，在以往的市场交易当中有过不少，所以，它还是有一个参照系的。”

“我爱人给拍卖公司打过电话，跟他们的总经理沟通过，人家表示，只要作品能够完好无损地归还，他肯定不追究。而且，他还愿意帮我们跟委托方进行协调。所以，这应该对从轻量刑有帮助吧？”

“这个案子的涉案金额太大了。根据刑法第二百六十四条的规定，量刑标准分为盗窃数额较大、盗窃数额巨大和盗窃数额特别巨大三种类型。盗窃数额特别巨大的话，法定刑期为十年以上有期徒刑及无期徒刑。具体到数额，盗窃金额在6万元以上，刑期就会在十年以上。”

林绍海听得睁大了眼睛，程子墨的这个案子，远远超过了6万！

“未成年人会从轻量刑，但从这个案子大概的涉案金额来看，就算是从轻，也不乐观呐。不过，如果这件作品最后被鉴定为是假的，那涉案的金额就一下子下来了。”丁律师说。

“唉！这基本上是不太可能的。我爱人很专业，她们圈里的人都是很认可这件作品的。听说，那个画家的作品，都是动辄几百、上千万的。”林绍海深深叹了口气。

“这一张纸，用水墨画上了几笔，就值那么多钱，真是了不得。”丁律师整理了一下手头的资料说，“现在，我们就得等鉴定评估的结果，这是案子最关键的部分。虽然拍卖公司愿意谅解，但这是属于公诉案件，所以，你们要在心理上有所准备，刑期肯定是免不了的。但孩子还未成年，是初犯并且又是自首，而且那张画也没有什么损坏，同时你们也寻求了谅解，这些都有利于从轻量刑。”

“丁律师，我在想，那张画的委托方把画交给拍卖公司，目的就是想卖掉变成钱。那如果这张画我们想办法给它卖了，是不是也能对量刑有利？”林绍海突然想到这个问题。

“你们先不要太着急，一是结案之前，那张画作为重要证物还拿不走；二是如果卖的价格高于鉴定评估的价格，对你们反而不利。”丁律师又叮嘱道，“我们今天讨论的有关案子的内容，你还不能跟你夫人讲，因为从法律角度，她是这个案子的‘证人’。有什么进展，我们随时保持联系。”

林绍海点了点头：“好的，我明白。”

这几天，程苏一直处在一种焦急等待的煎熬中。这期间，她翻看了很多法律方面的书，了解了盗窃犯罪的各种量刑规定，心里顿时凉凉的。她也从书上知道自己的“证人身份”，这个身份，是无法去跟林绍海请来的律师沟通的。而偏偏，林绍海就是这样一个原则性极强的人，凡是不能与她沟通的细节，林绍海是绝对不会多说一字的。

等林绍海见完律师回来，程苏问他案件的进展。林绍海告诉她，律师正在很努力地进行了解和沟通。程苏问他案件是不是要移交检察院？林绍海说还要过一段时间，目前八大作品的价格评估报告还没有出来。

程苏还想知道的更多一些。

32

“绍海，你问过律师了吗？我们争取到拍卖公司的谅解，是不是有利于减轻对子墨的处罚？”

“我问过律师，这应该是有利于减轻处罚的。”

“那，绍海，你能告诉我，到底什么时候，我能去见见孩子？”

“律师说，这段时间，我们都见不到子墨。从法律的角度，你是‘证人’，所以，只有等案件审判以后，才可以申请见面。”

“我现在很后悔，当初为什么那么快就让陆坦把子墨带走，我应该好好问问他的，问问他到底为什么要去做这件事？就算是他喜欢，也不能冲动地去偷这张画啊！”

“当时我们也问他了，但是，他不是什么都不说吗？你也知道子墨的脾气，他有时也是很……总之，他是有自己的主意的。再有，如果公安最后查出来是子墨，然后再把他带走，这个性质，就跟我们自首，大不一样了。我当时心里想的，就是赶紧自首，争取到宽大的处理。”

“你现在说他的脾气，是什么意思呢？你那么着急让他自首……现在想想，真是你一贯的风格。”

“我一贯的风格？什么意思？”

“永远那么理性，理性到冷酷。”

“小苏，你哪能那么说我呢？我也是为孩子考虑啊！”

“为孩子考虑……这些年，你跟孩子之间……你觉得有多少感情？”

“我承认跟子墨交流确实不太多，这是我的问题。但是，我对他是有感情的……”

“有感情？我现在想想，这些年来，你好像从来也没有跟他好好聊过，也从来都没有带他一起出去过。你说你对他是有感情的，那你的感情到底在哪里？你怎么就不能像陆坦那样，能够跟他聊、跟他玩，跟他处到一起去？”

“但是，我们天天生活在一起啊……”

“我也是天天跟他生活在一起，但是到现在我才发现，其实我根本不了解他，或者就是我根本不够爱他，所以他才会发生那么大的事……”

“你也不要把责任都揽在自己身上。”

“那你说是谁的责任？我一想到孩子要吃那么大的苦，我就……”

林绍海看到程苏的眼泪滚滚而下，抽了几张纸递给她。两个人陷入了一种压抑的沉默。

第二天上午，程苏接到云非的电话，云非在电话里很兴奋地约她喝下午茶。中午刚吃过饭，云非就开车来接她。

他一看到程苏，就很惊讶地说：“程教授，你怎么这么憔悴？是身体不舒服吗？”

“哦，不是，是家里出了点事。”程苏淡淡地回答。

“什么事？需要帮忙吗？”云非问。

32

“不用，没事。咱们到茶馆再说吧。”程苏系好了安全带。

云非看程苏很疲惫的样子，所以在车上就没说什么。

到了茶馆，云非和程苏坐了下来，云非请服务员泡上他存在店里的上好龙井茶。

“云非，我看你今天心情特别好，有什么让你高兴的事？”

“程教授，你还记得奥克逊拍卖公司那张丢失的画吗？现在啊，找着了！”

“你是，怎么知道的？”

“奥克逊拍卖公司的李总给我打了电话，他跟我说，这张画已经找回来了。委托方那里，还是想出手的。所以，拍卖公司想通过私洽的方式，进行交易。”

程苏听着，没有说话。

“李总知道我是有意向的，所以就给我打电话了。我约你过来喝茶，其实就是想告诉你这个消息，同时也很想听听你的意见。我虽然没有看到原作，但是图片看过了，也在圈里打听了下，这件东西认可度很高。八大的这个题材，我是很喜欢的。”

程苏低头，喝了一口茶。

“不过，李总说，这件作品现在不在公司，要等到那个案子结案了之后，才能拿出来。这就不知道要等多久了，我真是很想看看那件作品。”

云非正说着，却发现对面的程苏眼圈红了。

“你怎么了，程教授？”

程苏把头转向窗外，眼泪止不住地流了下来。

“抱歉，程教授，我刚刚只顾说那张画了。你到底怎么了？从我今天一看到你，就觉得你不太对劲。”

程苏的心情，这些天来一直压抑着，除了林绍海和陆坦，她没有人可以去诉说。但是，林绍海跟律师的谈话，有很多不能告诉她；陆坦的职业纪律，也不能跟她说跟案件有关的具体情况。更让她感到悲哀和几近崩溃的是，在法律上，她是程子墨盗窃犯罪的“证人”！

命运，真是会捉弄人呐！

“云非，你知道，那张画，后来在哪里被发现的吗？”

“在哪里？这个我不知道。”

“在我家里。”

“怎么可能？怎么会在你家里？”

“你见过我的儿子子墨，这张画……是他拿的……”

“这……”

“我真是想破天也想不到，那天咱俩亲眼看见到的失窃现场，居然是我儿子干的。而到现在，我依然想不明白，他为什么要这么做？你说，我这个母亲，是不是很失败？”

“真没想到会发生这样的事。最近这段时间工作太忙，所以也没有联系过你，这个消息确实让我很意外，也很……我不知道该怎么安慰你。”

“这些天，我也不知道是怎么过来的。每每想到他为什么要这么做的时候，我就开始头疼……”

“每个人做事情，总有自己的理由，无论这件事情在我们看来该做、不该做。有的时候，我们可能未必真正了解自己的孩子。”

“是的，理由，我也很想知道！但是，我现在连孩子的面儿都见不上。而且在法律上，我是个证人，这真是好可笑啊！”

“程教授，我很理解你的心情。你看，我能为你做些什么？如果，我决定把这张画买下来，会不会对孩子有利？”

“能够得到拍卖公司的谅解，得到委托人的谅解，积极的退赔，据说都是有利的。但是，我不清楚究竟能有利到什么程度。”

“既然是有利的，那就值得去争取。”

“但是，这张画，价格不低啊……”

“这个你不用担心，我能解决。”

程苏感激地冲云非笑了笑。

“谢谢你，云非。”

云非在泡茶壶里加满了水，又给程苏的杯子里添了一点茶。

“其实你也不必谢我，我收藏艺术品，既是满足自己的喜好，同时也是为了投资。这件八大的作品，本来就很吸引我，现在又加上它‘失而复得’的故事，它的附加值会增加不少的。”

程苏点了点头，但是依然心事重重。

33

学校放暑假了。

程苏和林绍海都无心参加学校暑期的调研活动，所以把一切都推了，在家里等着案子的进展。

一天早上，程苏接到检察院的电话，他们要询问作为证人的程苏。林绍海本想陪她一起去，但程苏还是坚持自己一个人去了。

尽管询问过程并不复杂，询问时间也很短，但是程苏的心里总是忐忑不安。她有些痛恨自己“证人”的身份，她开始后悔，怎么会是自己首先发现了那张画？她甚至担心，程子墨会怎么看待这个亲手把他送到警察手里的母亲？

从检察院的大门走出来，程苏深深吸了一口气。她抬头望了望天空，阳光很刺眼，而盛夏的气温已经让她感觉到热浪扑面而来。程苏很多次开车经过检察院的大门，但从没想过自己哪天会跟它有交集。

人生，就是这样的不可预期。

程苏知道，无论如何，自己需要勇敢地去面对已经发生的事情，人生没有退路。

33

程苏一边想着，一边走下台阶。这时，一个身材修长的人，正沿着台阶往上走。程苏远远只觉得有着眼熟，等到走近擦身而过的时候，程苏一下子好像被电流击中了一样，差点没站稳而摔下去。

就在这时，程苏的耳畔，听到了陌生而又熟悉的声音：

“小苏……”

程苏停下了脚步，定了定神，慢慢回头望了一眼。

怎么会是他？怎么可能会是他？

“小苏，真的是你？”

程苏又仔细看了一眼，没错，确实是他！

吕清！

一想到这两字，程苏的心就会剧烈地痛。

而此刻，这个人竟然又活生生地站在她的面前！

各种痛苦、愤怒、屈辱和艰辛的过往，一下子涌上程苏的心头。她鄙夷地看了他一眼，继续往下走。

“小苏，你等等……”

吕清跟了下来，一把拉住了她。

程苏用力甩了一下手臂，无奈吕清抓得太紧了，她没能甩开。

“小苏，你能不能等一等，让我……”

程苏没法离开，心里震惊于此时此刻居然在这里碰到了程子墨的亲生父亲。

“小苏，你，你怎么会在这里？”

程苏心里觉得吕清太可笑，这个问题，不应该是程苏问他的吗？

“你怎么会在这里？”程苏反问他。

“哦，我是受人之托，到这里来办个手续，想要调看一张画。”吕清回答道。

一张画？程苏听了，心里不由更是一惊。

“什么画？”程苏问。

“我的委托人拿到国内来拍卖的一张八大山人的作品，在展览的时候被偷了。现在，据说偷盗的人已经自首，那张画作为证物扣押着。我这次回来，是为了确定这张画是不是完好无损。”

程苏简直不敢相信自己的耳朵，世间竟有如此巧合的事情！

“你，能给我一下联系方式吗？我先在这里了解一下那件作品的情况。等办完事情，我想见见你，喝杯茶好吗？”吕清小心地请求着。

程苏本来不想再见他，但是因为这件无比巧合的事情，她不得不把手机号给了吕清。

下午，程苏接到了吕清的电话，约她晚上一起吃饭，程苏拒绝了吃饭的邀请。吕清只好约她喝茶，程苏同意了。

吕清在滨海开发区湖边的茶馆里等着程苏，心里感慨万千。他没有想到这一生还能遇到程苏，也深深地为自己给她带来的伤害而不安。当年自己的匆匆出国，虽是因不敢违背家里安排的无奈之举，但确实让程苏感到了绝望和无助。可惜那时的自己，还没有能力处理两者之间的矛盾，最终给程苏，也给自己带来了无尽的遗憾！

但是，人生不可重来啊！能够再次相遇，吕清已经很知足了。

看到程苏走进茶馆，吕清站了起来，跟她挥了挥手。

程苏在吕清的对面坐了下来。

“你喜欢喝什么茶？”吕清问程苏。

“一杯柠檬水。”程苏对服务员说。

“那，我来杯绿茶吧，龙井。”吕清把水单递给了服务员。

等服务员离开之后，吕清看着程苏说：“你还是那么年轻，那么漂亮。”

程苏冷冷地笑了一下：“年轻和漂亮，用在我们这个年龄的人身上，不合适。”

“你现在，过得怎样？”吕清关心地问。

“很好，比你想象的，要更好一些。”程苏冷冷地说。

“那就好。我……其实，我一直很牵挂你，就想知道你好不好……”吕清说着，“但是，我一直没有你的消息。”

程苏不想跟吕清继续这个话题。

“你看到画了吗？”

“没有看到。画不在检察院，而是在公安分局那里扣押着。目前，我看不到。”

“你说画是你的委托人的？”

“是的，我现在也兼做艺术品经纪人。这个委托人是我的客户，也是我的朋友。他不放心画的状况，所以让我来看看的。”

“那，然后呢？”

“他还是想在国内把它卖掉的，所以，正在让拍卖公司联系私洽呢！”

“价格高吗？”

“差不多是国内的行情吧。不过，我的这个委托人一开始真是特别生气，他没想到画会被偷掉。据说，拍卖公司一直跟他联系，希望他能够谅解。直到最近画找到了，他才稍稍消了消气。本来，他还要起诉拍卖公司呢。”

“起诉？”

“几千万的东西弄丢了，拍卖公司肯定有责任啊，安保管理做得不到位。不过，这样的盗窃案件，在国外也发生过很多。那些小偷的胆子，真是不小。”

“真的要起诉……”

“他急等着用钱，所以才拿出来拍卖。现在，不仅拍卖没实现，东西还被当作证物扣了下来。眼看着资金链续不上，他很着急的。如果现在能尽快找到买家，价格也合适的话，他也就不计较了。他是要求拍卖公司尽快找到买家，然后预付800万定金。不然的话，我觉得他有可能还是会起诉。只不过，起诉牵扯太多精力了。”

33

程苏听得又担心起来，她原本以为拍卖公司那里已经不用担心，却没料到委托方那里还可能会有不利于程子墨的事情发生。她不由得轻轻叹了口气，心里开始忐忑不安。

“你……怎么了？”

程苏没说话，但眼泪却开始在眼眶打转。

“小苏，你……我说错什么了吗？”

吕清想要站起身，去安慰程苏，被程苏用手制止了。

程苏用手捂了捂眼睛，抬起头看着吕清：“你说，你是那个委托人的朋友？”

吕清说：“是的，我们是多年的朋友。”

“那，如果我去帮他找到买家，预付定金，他是否就肯定不起诉了？”程苏问他。

“你？帮他找买家？为什么？”吕清有点懵了。

“因为……我得帮一个人。”程苏声音低沉地说。

“帮谁？拍卖公司？还是那个盗窃犯？”吕清问得很直接。

“不是拍卖公司。”程苏摇了摇头。

“盗窃犯？为什么？怎么会？”吕清更加疑惑了。

这下，程苏的眼泪再也忍不住了，唰唰地流了下来。过了好一会儿，程苏轻轻地说：“他，是我儿子。”

“你儿子？”吕清愣住了，他犹豫了一下，问程苏，“他……多大？”

“17。”

17 岁！吕清的心突然“咯噔”了一下，难道是……

吕清不由得百感交集。

他想起十八年前的那个暑假，那个不期而至的小生命，还有自己的自私与怯懦，一下子把他俩推向了世界的两端。那时候的他，认为自己的决定是理性的，是正确的，哪怕听起来残酷，也是为了两个人的未来。但是，他没有想到程苏是那样的坚决，那样的固执！

吕清后来才明白，他带给程苏的，是关于“去和留”这个问题的双重伤害。

程苏曾经哀求他留下来，但是他却不敢违抗父母的意志而选择出国留学。他构想的未来是，他在国外扎了根，程苏将来也可以考研或者出国来找他。然而，他的这个构想，在程苏心里，却没有一点安全的根基，比肥皂泡还不可信！

命运，恰恰就是那样的会考验人。

就在这个时候，程苏发现自己怀孕了！就在她还不知所措的时候，吕清却要求程苏舍弃掉这个小生命，他说为了程苏的学业，当然，也为了他自己。程苏再次恳求吕清能留下来，她甚至保证：哪怕自己选择退学，也绝不会影响到吕清。

然而，吕清不敢让程苏为了自己而就此断了前途，同时也没有勇气去违背父母的安排而选择留下。在“去和留”的问题上，吕清的选择，让程苏彻底失望！那个令程苏刻骨铭心的晚上，在她悲愤地夺门而出以后，吕清就成了她心中永远的痛和永远的恨！

吕清曾疯了一样地到处找程苏，但程苏似乎人间蒸发了一样，再也找不到。最后，吕清带着深深的自责和负罪感，带着心里的不安和牵挂来到了美国。最开始的几年，他也多次托人打听程苏的消息，但一直没有结果。没曾想这一晃，竟然已是十八个春秋。然而，十八年后的今天，他们竟然能够再次相遇！

吕清用颤抖的手拿起水杯，尔后又把它放回了桌上。

17岁！17岁！！

那一定是我的儿子！

“小苏，我……他是我的儿子，对不对？”吕清的声音很激动。

程苏恨恨地看了他一眼，没有回答。

“对不起，小苏，我……不知道怎么跟你说，我想，你一定受尽了苦。对不起，真的，对不起！”吕清有些语无伦次，“那段时间，我一直在找你。一开始，我总觉得你没有离开校园，所以每天骑车满校园的转，但是，怎么都遇不到你。开学后，我才知道你退学了，查了你的档案，知道了你家的地址，可是等我坐着火车去你家的时候，邻居说，你们已经搬家了，他不知道你们搬去了哪儿。”吕清说着，眼睛开始湿润，“出国之后，学业特别紧张，我父母和姐姐总是盯着我，给了我很多的压力……”

说到这里，吕清深深叹了口气。他想告诉程苏，他知道自己带给程苏的伤害已经无法弥补，他也痛恨自己屈服于家里安排时的懦弱，这些年，他的心里从来就没有真正轻松过。

“现在说这些，还有什么意义？”程苏抬起了头，看着吕清。当年，程苏带着无比伤痛离开学校的时候，就认定吕清是一个没有担当、虚伪、自私和绝情的人！她痛恨自己怎么就相信了这样一个人！

“我知道，现在说这些，你都是不爱听的，也是不相信的。虽然，我一直带着负罪感而活着，但是却无法弥补我对你的伤害。”吕清满眼歉疚地望着程苏，他不敢奢望能够得到程苏的原谅。

程苏不想在这个话题里无休止地进行下去。

“这些，都不要再说了。今天我来，就是想问问你，能不能劝说一下委托人，不要再想着起诉拍卖公司？”

吕清知道，他给程苏造成的伤害，不是他一句两句话的解释和道歉，能够抚平的。现在，他所能做的，就是尽力帮助程苏。

“我一定劝服他，你放心。我……再想问你一下，儿子……叫什么名字？”

“子墨，程子墨。”

“子墨……子墨……”

“希望你这次不要食言。”

程苏站起身，匆匆走出了茶馆。

34

一天早上，程苏和林绍海刚吃过早饭，就听到了“砰砰砰”的敲门声。

程苏打开门一看，竟然是她的父母。

“爸妈，你们怎么来了？”程苏很惊讶。

“我们要是不来，你就当我们是聋的、瞎的，是不是？”程苏的父亲一进门，就气呼呼地冲着程苏嚷道。

“你们……这是怎么了？来也没有打个电话说一声，我们去接……”程苏把他们的行李拿了进来。

“怎么了？你问我们怎么了？我倒是要问问你呢！发生了那么大的事，你们俩都不告诉我们，准备瞒到什么时候？把我和你妈都当什么了？”程苏的父亲一肚子气。

“老程，你就好好说话……”程苏的母亲想要缓和一下气氛。

“好好说话？来，你跟他们好好说，问问他们，我俩在他们眼里还算不算是父母？”程苏的父亲冲着程苏的母亲喊道。

林绍海赶紧请老两口坐下来，他料想老两口肯定是为了程子墨来的。

“爸、妈，你们先坐下来休息休息，有话，咱们慢慢说。你们还没有吃早饭吧？我去给你们下碗馄饨。”林绍海说着，正要去厨房。

“你们都别忙活，我和你爸在火车上吃过了。”程苏的母亲说。

“小林，我正要说你，小苏她不懂事，你怎么也不懂事？你告诉我，子墨是怎么回事？他怎么会去偷东西？你们是怎么教的？”程苏的父亲责问林绍海。

“爸，这……你们是怎么知道的？”林绍海诧异地问。

“怎么知道的？检察院的什么社工，都跑到家里来调查了！要不是他们来，我们老两口都不知道发生那么大的事！你说，我和你妈如果不直接跑上门来，你们还得继续瞒着我们是不是？我就说，最近你们一直不给家里打电话，没想着暑假回来住几天……”

“我和小苏怕你们知道了会着急、担心，所以就先没跟你们说。”林绍海解释道。

“程苏，你跟我说，到底怎么回事？子墨为什么要去偷东西？”程苏的父亲逼问着。

“爸，事情发生得太突然，我们也没有问明白他为什么要这么做。子墨他为什么要去……我也很想知道啊！”程苏心里也烦躁了起来。

“什么叫作没有问明白？你们平时不说话吗？不交流吗？孩子有什么变化，也看不出来？这几年，你们是怎么弄的？这孩子在我们那里的时候，学习好好的，其他也都好好的。除了那股倔劲儿，见了我就躲，好像总跟我不对付以外，什么都是好好的啊！让你那会儿别接出来，别接出来，你非不听！”程苏的父亲越想越生气。

“子墨现在学习也很好啊，其他也很好啊，跟我们处得也没有问题啊！爸，你能不能稍微心平气和一点，不要总是嚷嚷！”程苏的气也被调了出来。

“小苏！”林绍海想要制止程苏。

“出了这样的事情，我已经很痛苦了！我也不知道他为什么会这么做？他平时一切都好好的，学习很认真，考试不是第一，就是第二，这些都没有问题！再说，我把他接出来，那也是为他好啊。毕竟在滨海，他能够接受更好的教育。”程苏觉得自己心里也很委屈。

“为他好？那现在呢？现在怎么成了这样？我们家里祖祖辈辈，都是诚实本分的人，现在到了你们这里，竟然出了这样的事！你说，这到底随了谁？”程苏的父亲一向觉得，程子墨的性格和脾气，不像他们家人。

程苏父女的剑拔弩张，有愈演愈烈之势。林绍海赶紧打圆场:“爸！您消消气，消消气。小苏最近很辛苦，一直在为子墨的事情来回奔波呢，你看她人也瘦了不少。”

“我也不避讳你，小林，子墨毕竟是管你叫叔叔的，那个混球，现在子墨出了事，就得把他找出来，他也得负责任，得想办法，他不能再这样躲着了！我想看看，这孩子到底是随了谁的样儿？”

“他也在想办法说服委托人不起诉！”程苏不由得冒出了这么一句。但说完之后，她发现，刚刚紧张的气氛，一下子好像凝固了，大家都不约而同地望着她。

“你……你见到了他？他在哪儿？”程苏的父亲瞪大了眼睛。

林绍海也被惊到了。程苏没有跟他提起过！

“你说呀，那个混球，他在哪儿？我要见见他！”程苏的父亲站了起来。

程苏后悔自己一时冲动，竟说出了这句话。

此刻，父亲逼着问她吕清在哪里，而林绍海也是一脸的惊愕。她感到慌乱，感到不知所措，也感到伤疤即将被揭开的疼痛。她咬着嘴唇，跑去房间，然后把门重重地关上。她想暂时跟外面的世界隔绝开一段时间，让自己喘口气。

程苏的父亲想要跟着过去敲房门，被林绍海拉住了。

“爸，您别着急，缓一缓吧，让小苏一个人待一会儿。她……心情也不好。”

“老程，我都跟你说好了，来了之后，好好跟他俩讲的，你这脾气……唉！”

程苏的父亲只好把举起准备敲门的手放下，他叹了口气，又使劲摇了摇头。

“小林，送我们去河滨小区，我们要住几天。”程苏的父亲对

34

林绍海说。

“要不然你们就住这儿吧，别住那儿去了。”林绍海建议。

“还是住那里方便，不会影响到你们。走吧，现在就过去！”程苏的父亲说着，就走向门口。

河滨小区有一套两居室，是程苏父母在五年前买下来的。当时程子墨刚刚回到程苏身边，老两口很不放心，就想常常过来看看。他们觉得跟程苏一家住一起，总是不太方便，所以就在不远处的河滨小区买了房，程苏母亲说，那房子将来是要留给程子墨的。

林绍海把老两口安顿好之后，就接到了丁律师的电话，约他去见面聊聊。

这边林绍海刚走，程苏的父亲就给陆坦打电话。

“陆坦，我和你阿姨来滨海了，我想请你帮个忙……”

“哦，叔叔你们什么时候过来的？需要我做什么，尽管说！”

“要你帮我找一个人。”

“找人？找谁？”

“我不知道他的名字，我只知道，他正在说服什么委托人不起诉。我想，这一定是跟那个拍卖公司有关系的。”

陆坦也惊愕了。

看来，老爷子已经知道程子墨的事情了。

“叔叔，您知道子墨的事情了？”

“你们啊，都瞒着我们俩老的。检察院的社工都到家里来了解孩子的成长情况了，我们才知道的！”

“对不起，叔叔，主要是大家都不想让你们担心。”

“陆坦，你办法多，帮我找找这个人，我要去会会他！”

“这个人……您见他是想……？”

“还记得上次在老家，我俩聊的，那个让小苏过得很辛苦的混球吗？就是他！”

“啊？！”

陆坦也一下子呆住了！

找一个人，对陆坦来说，是件很容易的事。

那天傍晚，程苏的父亲和吕清，坐在了滨海开发区的一个茶馆里。

程苏的父亲盯着对面的吕清看了很久，他发现眼前的这个人，看起来是一副文质彬彬、谦谦君子的模样，不似他心里想的那种花花公子。但是为何，这个人会在当年抛弃了程苏？

出门见吕清前，程苏的母亲一再叮嘱他，不要冲动，不要冲动！其实，程苏的父亲心里很明白，自己对女儿、对家人可以由着性子，想说什么就是什么；但在其他场合，他是有很强的控制力的。

这一辈子作为中学的教导主任，他要考虑到方方面面，安排好教育、教学和教研的各项工作；同时还得管理学生，尤其是那些调皮捣蛋令人头疼的问题孩子。正因为见得多了，所以他第一

34

眼觉得，吕清不像是那种不上路子的人。

而对吕清来说，程苏的父亲约他见面，是他完全想不到的。当他接到程苏父亲的电话时，一开始紧张得都不知如何说话。但是，吕清从电话里似乎又能感觉到，这个老人威严中又不失礼节，是个有素质、有涵养的人。

“叔叔，我现在坐在心里，心里特别不安。我知道，您肯定非常憎恨我。”吕清首先打破了沉默。

“憎恨有用吗？”程苏的父亲反问吕清。

“我没有想到，我和程苏，最后的结果会是这样的。”吕清轻轻地摇了摇头。

“那你以为的结果，会是怎样？”程苏的父亲冷笑着问他。

“我以为，我们有共同的将来。我很喜欢程苏，那时候，她不仅漂亮，而且很有艺术家的气质，画的画非常打动人心。在学校里，她很引人注意。”吕清想起了刚认识程苏时候对她的印象。

“那到底是谁，毁了你所谓的共同的将来？难道不是你吗？”程苏的父亲看着吕清问道。

“最主要的，肯定是我！我不该那么……这是我的错，我没有想到会有了孩子……”吕清不知道这件事情如何跟程苏的父亲说。

“然后你就害怕了？就不管了？就离开了程苏？”程苏的父亲质问道。

吕清摇了摇头，说：“不，不是这样的。我确实担心，担心程苏会因此而不能继续读书；我也有害怕，害怕我和程苏在学校的声誉。但更主要的是，当时，我不得不出国，家里已经给我安排好了一切，我没有办法违抗！我……只能劝说程苏，先不要这个孩子。我劝说她，但是她不同意。她要求我留下来，不要出国，可是……我真的做不到。”

“最后，你就一走了之？”

“没有。那天我们闹了分歧，她非常生气地走了。后来，我去宿舍楼下等她，她也不理我。我始终没有办法跟她说上话。再往后，学校放暑假了，我以为她会留在学校一段时间，可是我满校园都找不到她。那时候，她宿舍的同学也都回家了，我找不到任何人可以问到程苏的联系方式。好不容易等到开学，我才从学生档案室查到你们家的地址，可是……”吕清说到这里，深深叹了口气，“你们却已经搬家了，邻居们都不知道你们搬去了哪儿。”

程苏的父亲听到这里，不禁感慨万千。年轻人的冲动，多半带来的是苦果。这个吕清，自然是有错的，但也不是无情无义的“陈世美”；而程苏，固执地坚持着内心的决断，却为此尝尽人生百味。

由此看来，吕清必须出国，这是家庭给他的压力，是他不可违抗的安排；程苏执意留下孩子，没有跟家里任何商量地就办了退学，这也是她一贯的性格脾气所造就的结果。

现在，当他看到吕清，听到吕清的解释，渐渐了解到当年的那段过往，他有些释怀了，至少程苏认识的吕清，不是他想象中的“十恶不赦”。也许当年有更好的解决办法，但是可叹人生不能重来。时间就像流水，把一切可能和不可能都留在了时光划过的地方，无处可寻。

“程子墨的事情，你会怎么帮？”程苏的父亲觉得，过往已经没有现在那么重要了。

“那张画的委托方，是我多年的朋友，我是他的艺术品经纪人。他是急等着用钱，所以才把画拿到国内来拍卖。画丢了之后，他非常气愤，本来是要起诉拍卖公司的。现在画找着了，可是作为证物被扣押着，既拿不走，又不能交易。他跟拍卖公司交涉，拍卖公司答应尽力帮他找到买家，他也就稍微等等看。他的要求是，拍卖公司一个月之内帮他找到买家，并支付800万预付金。剩下的2000多万，三个月之内要支付清。不然的话，他就委托我来起诉拍卖公司。”

“800万？这么多！这，肯定不容易……”程苏的父亲没想到要交那么多预付金，“剩下来的那么多，还要三个月内付清……但是，这件东西还在扣押着，谁会愿意见不着东西，先花那么多钱呐！如果起诉拍卖公司，那肯定不利于子墨啊！”

“我说服他，让他不要逼得那么紧。不过他确实急需用钱，他的资金链断了，正等着续上。所以，我也想了办法……”

“你有什么办法？”

“我姐姐，她在美国有一家公司，我有一些股份。我已经让她帮我周转一部分资金出来，估计这两天就可以打到我这个委托人的账户里，先帮他把急需的那部分资金给续上。”

“哦……”程苏的父亲听到吕清这么说，心里顿时宽慰了很多，他觉得眼前的这个人，如果说在十八年前，缺乏担当的勇气和魄力；那么现在，至少他是负责任的，是有担当的。

“不过，我不确定，这样做能不能真正对孩子有帮助，”吕清担心地说，“毕竟，这个画的价格，实在太高了。我也查了一些法律的条款，这个数额，实在是……唉！”

“这个臭小子……”程苏的父亲无奈地摇了摇头，“现在，只能做些我们能做的吧！”沉思了片刻，他站起身说，“今天就聊到这吧，回头我再跟你电话。”

35

当天晚上，程苏的父亲辗转反侧。

认真想来，在程苏的这件事情上，其实自己也有很大的责任！作为父亲，他对程苏的要求非常严厉。因为自己是教导主任，女儿又在自己所在的学校上初中，所以他总希望她最守规矩，学习刻苦努力。女儿喜欢画画，他就希望将来能考上最好的美术学校。作为一个教导主任，他觉得如果连自己的女儿都管不好，还怎么去管别人家的孩子？程苏很惧怕父亲，所以学习格外努力，平时成绩一直很好。但是，也正因为过于紧张和担心，每次期末考试，又总是发挥不好。高考的失常发挥，可能也是这个原因。

然而，他也能感觉到，在程苏乖巧和努力学习的同时，慢慢习得了他的倔强和固执。虽然，在他批评和责怪她的时候不会顶嘴，但那种无声地抗拒有时让他更为恼火，却毫无办法。

对于那段过往，程苏一个字也没有跟父母提起，只是把一张退学证摆在了他们的面前。然后无论怎么问，什么都不愿意说。他痛骂过她，想让她说出事情的来龙去脉，找到那个“混球”；他也曾让程苏的母亲劝说她放弃这个孩子，希望她不要为此断送了自己的前途……

可是，细想起来，女儿不顾一切地办了退学，在她最需要关心和商量的时候，她却是孤独的。她不敢跟父母说，害怕父亲会暴跳如雷；她担心父母的颜面，不想让他们到学校来直接面对难堪。在女儿的心里，那个时候，谁都不能依靠，只有靠自己，痛苦地承担下一切。作为父亲，自己确实是有责任的，他没有给女儿足够的信任感和安全感，也没有给她营造一个宽容的环境，让她感到家是最坚强的后盾和支撑！

如果抛开这一切，就个性而言，女儿的脾气真是随了他，有时候固执起来，是怎么拉都拉不回来的。就连程子墨，他的脾气，其实也是像极了他这个外公。只是，在他的成长环境里，自己太矛盾了！骨子里，自己一定是疼爱这个外孙的；可是行为上，他又处处显得对他太过苛刻！

第二天一早，他给吕清打了电话，约了晚上在“一宽茶社”再见一面。

随后，他给程苏也打了个电话，让她晚上 7 点半，跟林绍海一起去滨海开发区的“一宽茶社”找他，他订了包间，在那里等他们俩。

程苏还没来得及说什么，父亲就挂断了电话。

“怎么了，小苏？谁的电话？”林绍海看到程苏错愕的表情，就关心地问她。自从昨天程苏不小心说出了那句话之后，她就一只沉默着，林绍海没有找到合适的机会去跟她沟通。

“爸让我俩晚上去茶馆找他，他说在那里等我们。”

35

“茶馆？爸是有什么事吗？那到时候我们早点去，别让老爷子等。”林绍海说。

晚上，程苏他们匆匆吃完晚饭，就开车去“一宽茶社”。路上，程苏接到了陆坦的电话。

“程苏，你爸爸昨天让我查找一个人。我想着，还是告诉你一下为好。”

“什么人？”程苏问。

“老爷子说，是说服委托人不起诉的那个人……”

“什么?！你……替他找了？”

“嗯，老爷子吩咐的，我不能不办呐。你们在家吗？要不然，我过去找你们？”

“我爸让我和绍海去开发区的茶馆，我们正在路上。”

“茶馆？”陆坦突然预感到什么，“那，我要不要一起过去？”

“随你吧，”程苏的心里一阵慌乱，“一宽茶社。”

陆坦本来准备再加会儿班，但他敏锐地感觉到，程苏的父亲一定见过了那个人。现在他让程苏他们过去，说不定那个人也在场。如果是这样的话，万一场面失控，就会很麻烦。他放心不下，就开车去了茶馆。

陆坦敲门进了包间，发现程苏的父亲和一个年龄跟自己相仿的人坐在那里。那个人见陆坦进来，礼貌地站了起来。

程苏的父亲看到陆坦进来，惊讶地说:“你怎么来了?嗯……来了也好。”然后，他向吕清介绍，“这是陆坦，程苏的好朋友。”

“你好。”吕清向陆坦伸出一只手，“我叫吕清。”

陆坦跟吕清握了一下手，心里突然“咯噔”了一下。

吕清!

这正是他帮程苏的父亲查到的那个人的名字!

难道，这就是曾经让程苏过得无比痛苦的那个人?

陆坦不禁又看了他一眼，这次的眼神里，多了一道愤恨。

吕清读出了陆坦眼中的敌意，他没有理会，低头喝了一口茶。

过了一会儿，程苏和林绍海也到了。

在程苏推开门的瞬间，忽然看到吕清也坐在那里，不禁呆住了。她愣愣地站在那里，感觉很恍惚。

吕清看到程苏进来，也有些愣神，他没想到，老爷子把程苏喊了过来。

“小林，你和程苏到这边坐下来！”程苏的父亲指着左边的椅子，对林绍海说。

林绍海拉着程苏坐了下来，他不知道程苏的父亲为什么让他们到这里来，而且除了陆坦，还有一个陌生人。

“小林，我给你介绍一下，他叫吕清，是程子墨的父亲。”程苏的父亲平静地说。

35

"啊？"林绍海以为自己听错了，他瞪大了眼睛看着程苏的父亲。

程苏这下回过了神来，她站了起来："爸！你……你干什么？"

"坐下！"程苏的父亲严肃地说。

陆坦看着这个情景，也不知道该说什么，只能默默地坐在那里。

"吕清，你找我爸是为什么？谁让你……"程苏气愤地质问吕清。

"是我找的他！"程苏的父亲说，"你们先都给我坐好了，把你们找来，绝不是我脑子糊涂了！今天在这里，要把我心头的结，把你们心头的结，都好好打开。好好打开之后，才能真正替子墨着想！"

老爷子不愧当了几十年的教导主任，说起话来，自带几分威严。

"我跟吕清聊过了，知道了你们当年发生的事情。这件事，你们都有过错，吕清有错，小苏你也有不对的地方。不过，有一点我需要自责，我脾气不好，固执不听劝，小苏随了我的这个脾气，也是固执起来，九头牛都拉不回。

"小苏，当年吕清查到咱们家地址，坐火车上家里来找你，哪知我们已经搬家了。虽然说，如果当年我看到吕清跑到家里来，冲着你们发生那么大的事，保不齐我会想要打断他的腿，但是，至少人家那会儿一直在找你，没有说放着你不管。”

“来找我？有用吗？你会选择留下来不出国吗？结果还不是一样！”程苏盯着吕清问。

“对不起，出国这件事情，我真的身不由己……”吕清看着程苏。

“所以，说到底，还是……”程苏把头扭向了一边。

“你们的矛盾就在这里，一个不得不走，走去国外；一个不得不留，留下孩子。这是个死结，没法解决。在这件事情里，你们谁都有错，又谁都身不由己。”程苏的父亲严肃地说，“十八年的时光，你们各自的心里背负得太多！我又何尝不是？我骂过小苏，别说骂，连打的心都有！但我也心疼她，一个人，非要坚持把子墨生下来抚养大，自己又重新开始成人考试，一路艰辛，走到现在。非常不容易！你呢，吕清，一直带着深深的负罪感活着，也没有真正轻松过。知道了子墨的事情之后，你能这么做，能想办法解决这么大的资金问题，我觉得你也是有情义的。”

程苏听得眼泪哗哗地流。她没想到，父亲会说出如此心疼她的话来。原来，自己的辛苦和艰难，父亲都是看在眼里，也是疼在心里的。十八年！所有的委屈和压力都被自己打包存在了心底，但在午夜梦醒时分也常会扪心自问，是否自己也偏于了执念？

“今天把你们叫到一起，既是为了打开心结，更是为了子墨

35

的将来。”程苏的父亲看了看大家，“这里的每一个人，我想都是关心子墨、爱护子墨的。孩子出了这样的事，小苏和小林，你们负有责任。当然，我这个做外公的，也有责任。但是，现在在这里与其讨论责任，不如想想孩子将来的路。”

林绍海觉得老爷子的这个思路是对的:“我最近刚跟律师沟通过，经过鉴定评估机构给出的结果，子墨的这个案子，涉案金额千万以上，属于刑法里的‘盗窃数额特别巨大’这一条，获刑——实在是，避免不了的。不过，好在子墨一是未成年，二是自首，三是初犯，并且完好无损地归还了那张画，这些都利于从轻定罪。律师说，子墨的这个案子，有可能会成为青少年司法改革的试点案件，心理评估报告显示，孩子再犯的可能性非常小……”

“孩子，有可能进去几年？”吕清问。

“律师说，至少三年。”林绍海无奈地说，“现在高考虽然放开了年龄限制，子墨在里面应该也能坚持学习，但是这种经历对他来说，毕竟是会有影响的，我倒是希望他能够出来之后，换个环境去学习。”林绍海侧身对着程苏的父亲问，“爸，您说呢？如果可以的话，我跟美国的同学联系联系，帮他申请大学。”

程苏的父亲点了点头，其实他的心里也是这么想的。不过这时，他的眼睛扫了一眼吕清。

吕清也正在考虑林绍海说的话。自从知道子墨是他的儿子之后，吕清就一直想要找机会跟孩子接触。内心里，也特别想好好弥补对程苏和程子墨的歉疚。

“这个事情交给我吧，我在美国比较方便，那边的几个大学，我都比较熟，我来给子墨申请大学。”吕清对程苏的父亲说。

程苏本来想要说什么，被林绍海一把拉住了。程苏看了看林绍海制止的眼神，就没再把话说出来。她想了想，然后担心地问：“子墨有这样的事，他出得去吗？”

陆坦一直坐在那里没说话，这种场合，他看起来似乎是多余的。这是程苏家里的事情，按道理他是不该参与的。只是当时他担心他们会起什么冲突，才匆匆赶到茶馆来。不过，这样一番听来，他也不由得感叹人生的各种阴差阳错。但过去的终究已过去，生活不仅要继续，还应该更好。

“如果子墨被判五年以下有期徒刑的话，犯罪记录会被封存，子墨出来之后，是可以出国，继续去上学的。”陆坦告诉程苏。

“那这件事情，吕清，你好好办吧。”程苏的父亲站了起来，“子墨是我的外孙，我和他外婆当然不希望看到他现在这样，但是，做人总是要有担当的，犯了错误，就得承担起来。小孩子是这样，你们成年人也是一样。没有解不开的结，好好把日子过好，比什么都强！”

老爷子说完了这些，看了看手表：“时间不早了，都回去休息吧。以后你们之间，为了孩子的事情，好好沟通。”

“我送您吧，叔叔，我开车正好经过你们小区。”陆坦说着，就扶着程苏的父亲往外走。

程苏也站了起来，径直往外走。

林绍海和吕清，一前一后走出了茶馆。

36

回家路上，程苏心情很低落，一句话都不说。

林绍海知道，她心里一定很难受。从结婚到现在，他从来没有问过那段过往，因为他在乎的是她的现在。他知道，如果撕开当年的那道伤口，就像是让程苏再次掉进伤痛的深渊里一样。所以，只要她不提，他绝对不问。

到了家，程苏愣愣地坐在沙发上。

林绍海给她倒了杯牛奶，故作轻松地说："时间不早了，今天你也累了，喝了这杯牛奶，赶紧休息吧。"

程苏看着他，突然问："你今天为什么要制止我？凭什么让他来申请美国的大学？"

林绍海坐了下来，把杯子放到程苏的手里。

"他生活在美国，熟悉一些大学，所以申请学校会更容易一些。为了子墨，我觉得，你不要在意这一点。"

"我能不在意吗？你说，我把儿子养到这么大，然后他出现了，还来解决什么问题，搞得就像救世主一样。有意思吗？"

"小苏，爸说让我们打开心结，过去的就让它过去，为了子墨，为了将来。我觉得，爸说的是有道理的。"

“过去的就让它过去？我也想啊，我也想让过去的就过去啊！可是，这是谁的过去？这是我的过去！是我的痛苦！可是今天，我就这样被血淋淋地摆在案板上，任由你们每一个人去审视！”

林绍海轻轻搂住了她。

“小苏，我从来就不想问你的过去，我只要你现在过得轻轻松松的就好。我知道你今天很难受……”

程苏推开了林绍海。

“你为什么不问我的过去？你从来就没想问过吧？你说，你是不是一直以来都是可怜我，才会跟我结婚，才会无条件地包容我？”

“你别这样说，小苏……”

“那好，你不问我，我问你！为什么……为什么你上了大学之后，就再不跟我联系了？你答应要给我写信，可是呢？我从来就没有收到过你一封信！你跟陆坦一样，他也说要给我写信，还说第一学期要来看我，我还真是天真嘛！我都信了！”

“我们确实都给你写过信……”

“你不要骗我了！说到底，还是因为我没有考上好的学校，而你们，都有了更广阔的天地。我算什么呀？在一个地方的专科学校……我真是傻，还把我们的合影照片天天放在枕头边，幻想着我们的友情不会因为距离而疏远。可是呢？你们却把我忘记了，忘记得一干二净。所以……所以才会有这个浑蛋吕清……”

程苏捂着脸，呜呜呜地哭了起来，越哭越伤心，眼泪顺着指缝流下来。

林绍海叹了一口气，心疼地拍了拍她的肩膀。他站起身去书房，一会儿拿了个小盒子出来。他把盒子放在程苏的身边，又递了几张纸巾给她并轻轻地说："小苏，别哭了，你打开看看。"

程苏不知道林绍海要给她看什么，她稍稍平静了一下，擦了擦眼泪，拿起了盒子。

这是一个边沿有些磨损的盒子，看起来已经很有些年头了。程苏打开了盒子，看到里面有几封信，一张照片。那几封信，一看就是很久以前的信封，信封上，赫然写着收件人——程苏！而照片，正是他们三个人从海边回来之后的合影！

程苏一下子惊呆了！

她用颤抖的手拿起一封信，然后抬头看着林绍海。

林绍海在她身边坐了下来："小苏，当年我跟陆坦都给你写信，但是几乎都被退回来了，我们收不到你的信，也联系不上你，不知道发生了什么事。"

"你们真的都给我写过信？"程苏喃喃地说。

"我们不是说好了，互相写信的吗？你看，这是陆坦给你写的信，上次宵夜后，他都交给我保存了。"林绍海拿出几封信给程苏看，"这是陆坦他们警校专用的信封。"

程苏看到这些信封上都写着"程苏收"，她的眼泪又"唰唰"地流了下来。

36

“那你们……放寒假，怎么都没有打电话给我？”程苏伤心地问。

“我打电话给你了，家里人说你去‘采风’还没有回来。然后春节我又骑车去你家，可是邻居说你回老家过年了。陆坦跟我一样，找你没有找着。”林绍海解释道，“暑假我也给你打过电话，你爸说你没回家，在学校‘采风’。暑假后回到学校，我就开始备战出国交流的考试……”

程苏紧紧攥着这几封信，任由泪水流淌。

她发现，自己以为失去的东西，竟然都还在。生活好像跟她开了一个巨大的玩笑，各种阴差阳错，就像商量好了似的，轮番在她的生活里出现。而这几封信，在穿越了十八年的时光隧道后，终于还是来到了她的手里。

可是那个时候，她是多么脆弱，多么敏感，多么自卑，又是多么固执，以至于不愿写一封信去求证！

她怕失去朋友，更怕失去自尊！

人生啊！你越是害怕失去什么，你就越有可能会失去什么！

然而，人生兜转了一圈，她曾最为珍惜的东西竟然都还在！

到了这时，程苏虽然哭得像个泪人，但她的心里倒是彻底解脱了。

林绍海搂住了她，让她靠在自己的肩头。

“小苏，我们错过了那么多年，还能够走到一起，我非常知足！从前我是爱你的，现在我依然爱你，以后也一直会爱你！”

程苏听得非常感动。她觉得这么多年，就算是嫁给了林绍海，心里也一直存着当年的芥蒂。而现在，所有的误会都消除了，她才真正体会到林绍海对她的情感。

她不禁也紧紧地抱住了他。

“小苏，人生都不易。你知道，陆坦为什么会把写给你的信都交给我吗？”

程苏摇了摇头。

“陆坦当年误以为，你是因为我，才跟他说不要再来找你的话。所以，尽管他很失落，也就真不再跟你联系了。后来，他认识了他们上一届的师姐，他俩成了恋人。一年后，师姐去实习，却再也没有回来。老师告诉陆坦，师姐执行任务的时候失踪了，被认定为牺牲。但陆坦不相信，因为他见不到师姐的遗体，而且在学校的英烈档案里，也查不到师姐的名字。所以，到现在，陆坦都不相信这一切，他也拒绝所有给他说亲的人。”

“怎么还会有这样的事，我以为陆坦一直就是傻呵呵、没心没肺的样子，没想到……”程苏不由得为陆坦而落泪。

“所以，每一个人，都有他不为人知的一面，或是生活的不易，或是情感的缺憾。人生，总不会是完美的。”

程苏没有说话，她依偎着林绍海，静静地看着窗外。

这个角度，正好看到半个月亮挂在寂静的夜空里，格外明亮。

37

几年后。

滨海机场。

程苏和林绍海送别程子墨。

虽然心里万分舍不得，但程苏知道，为了程子墨的前程，自己的情感必须得克制。

时间尚早。

林绍海让他们俩先慢慢往前走着，他去买两杯饮料。

程苏紧紧挽着儿子的胳膊，一边往前走，一边对他各种叮嘱。

程子墨一直不想离开。

“妈，我真的必须走吗？我不想离开你们。在国内也可以上学啊！”

“妈也不舍得你离开。不过，为了你能够更好地读书，妈妈还是得让你走。”

“美国的那个叔叔，你说他帮我安排了学校，还会好好照顾我，他是你的朋友？”

“他……他会好好照顾你，你要听他的话，有事情都可以去找他。”

“好的。我还是不想离开你，妈妈。”

程子墨说着，右手伸过来，把程苏的手紧紧抓在自己的手里。

程苏不由得看了看子墨，母子俩相视一笑。

程苏真希望，他们俩就这样一直慢慢走着，走着，把逝去的岁月，一步一步都走回来。

“子墨，妈妈心里一直有一个问题想问你，虽然你给过答案，但是我总觉得不是那样的。现在，妈妈还想再问你一次，你给我真实的答案好吗？”

“妈妈，你不用问，我知道。”

程子墨停下了脚步，微笑地看着程苏。

然后，他附到程苏的耳边，轻轻地说：

“妈，因为你喜欢……”

程苏的眼泪瞬间流了下来。

果然程子墨是为了取悦自己！

可是，为了她的这个“喜欢”，程子墨付出了惨重的代价！

如果当初，自己对孩子多一些关心和了解，多一点沟通和交流，何至于会如此？

“妈，你别担心，我知道错了。”

程子墨仿佛看出了程苏的心思，小声地说。

程苏的眼泪依然止不住地流。

“我本想让你高兴，却用了这种错误的方式……对不起！”

程子墨说着，微微低下了头。

程苏慢慢停住了脚步，侧过身站到程子墨的面前。

她伸手捋了捋程子墨额前的头发，无限怜爱地看着程子墨：

“子墨，过去妈妈做得不好，让你受委屈了。不过以后，咱们一家人要开开心心地过日子。你大海叔叔很疼你，有事可以跟他多说说。还有坦克叔叔，一直很关心你，他今天单位有事走不开，要不然一定是要来送你的。在美国，你也要听那边吕叔叔的话。总之，抓紧时间好好学习，等毕业了，想回来就回来，妈妈等着你！”

“妈！”

程子墨一把抱住了程苏，眼泪无声地落了下来。

……

两个小时后，在震耳欲聋的轰鸣声中，一架银色的客机腾空而起，载着新的希望，奔向遥远的地方。

2018.3.2 于听雷轩第二稿

图书在版编目 (CIP) 数据

流拍的爱 / 陆红梅著 . — 北京：中国书店，
2019.4
ISBN 978 - 7 - 5149 - 2155 - 7

Ⅰ . ①流… Ⅱ . ①陆… Ⅲ . ①长篇小说 – 中国 – 当代
Ⅳ . ① I247.5

中国版本图书馆 CIP 数据核字（2018）第 165386 号

流拍的爱
陆红梅 著

责任编辑 杭 玫
出版发行 中国书店
地 址 北京市西城区琉璃厂东街 115 号
邮 编 100050
装帧设计 大观世纪
印 刷 北京建筑工业印刷厂
制 版 北京大观世纪文化传媒有限公司
开 本 880mm × 1230mm 1/32
印 张 9
字 数 177 千字
版 次 2019 年 4 月第 1 版
印 次 2019 年 4 月第 1 次印刷
书 号 ISBN 978-7-5149-2155-7
定 价 48.00 元